COBALT-SERIES

橘屋本店閻魔帳

ふたつのキスと恋敵!

高山ちあき

集英社

橘屋本店閻魔帳
ふたつのキスと恋敵！

Contents

登場人物紹介
弘人《ひろと》
橘屋本店の次男坊。
実体は鵺《ぬえ》。
美咲の花婿候補!?
美咲《みさき》
コンビニチェーン・橘屋の
西ノ分店の跡取り娘。
母は人間だが、亡き父は妖狐。

総《そう》介《すけ》
病院を経営している
橘家の分家の跡取り息子。
綺《き》蓉《よう》
弘人の身の回りの
世話をする側女《そばめ》。
劫《めぐる》
酉ノ分店でアルバイト
している妖狐の少年。
静《しず》花《か》
申ノ分店の跡取り娘で、
弘人を花婿に迎えたがっている。

イラスト／くまの柚子

橘屋本店閻魔帳
ふたつのキスと恋敵！

のれんの色が変わるとき、
奥の襖《ふすま》は隠《かく》り世《よ》へと繋《つな》がり、
見えざる棚《たな》には妖怪向けの品々が並ぶ。
店の名は橘屋《たちばなや》。
獣《けもの》の妖怪を店主に据《す》えて、
現《うつ》し世《よ》に棲《す》まう妖怪たちの素行を見張る。

序章

しゃらん……

正絹《しょうけん》の花結び紐《ひも》で括《くく》られた小さな銀鈴《ぎんれい》の連なりは、揺するたびにはかなく涼しげな音をたてた。

姚蘭《ようらん》は窓の桟《さん》にぐったりと身をあずけ、胸にくすぶる焦燥感《しょうそうかん》をもてあましながらじっとそれを眺めていた。

『姚蘭。おまえなら、あの者を始末することができる。――必ずや』

兄様はそう言った。

けれど、もうずっとまえから決心は揺らいでいた。

あの男をこの手で殺《あや》めることはできない。

部屋の隅に吊《つ》られた木製の大きな鳥籠《とりかご》のなかで、三本足の八咫烏《やたがらす》がバサバサと翼をはためかせる。はやく外に出せと急《せ》きたてるかのように。

姚蘭は緋《ひ》縮緬《ちりめん》の襦袢《じゅばん》姿のまま気だるげに文机《ふづくえ》のほうへ向かい、書き終えて折りたたんであった文《ふみ》を手にした。

鳥籠から八咫烏を捕まえ出し、文を脚《あし》に結びつける。

兄様の言いつけには従えない。

でもあの男には会いたい。

「行け」

掛け声とともに手をはなせば、それは大きく羽ばたいて、開け放たれた窓から西の空に向かって飛び立っていった。

第一章　御高祖頭巾《おこそずきん》の女

1

「起きろ」

「んん……もうちょっと」

「修行の時間だ」

「あと五分だけ……」

「もう九時過ぎてんだぞ。いつまで寝てんだ、おまえ」

（はっ、男の声……？）

自室のベッドで夢うつつの状態でいた美咲《みさき》は、家族にいないはずの男の声にぱちりと目を開いた。

枕元《まくらもと》に人の気配を感じて寝返りをうてば、仁王立《におうだ》ちになって自分を見ている着流し姿の弘人《ひろと》の目と目が合う。

「きゃあああ！」

美咲は叫びながら飛び起きた。

「ちょっと！　レディの部屋にノックもなしで勝手に入ってこないでよっ！」

「ノックなら五回はした。……いつまでも涎《よだれ》たらして寝ているから、いいかげん叩《たた》き起こしてやれとハツさんが」

「やめて！　近寄らないで！　もう起きたから今すぐに出ていって！」

美咲は上掛けを胸にかき抱いてパジャマ姿を隠しながら、ベッドの端っこまでジリジリとあとじさった。すっかり忘れていたが、弘人がまた今野家《うち》に居候《いそうろう》することになったのだった。

美咲は弘人に惹《ひ》かれている。向こうからどう思われているのかはいまいちよくわからないが、自分のほうは間違いなく彼に恋をしてしまった。そういう相手に、ぼさぼさ頭にぽってりと重い瞼《まぶた》の寝起き顔なんて見られるのは恥ずかしい。

「………」

弘人はなにかひとこと言いたげな顔をしてイライラと美咲を見下ろしていたが、あきれたようにため息をひとつつくと、

「三十分やるから、飯食ってさっさと支度《したく》をしろ。一秒でも遅れたらカミナリ落としてやるからな」

とだけ言い残して踵《きびす》を返す。

（カミナリ……）

弘人――ヒトの姿をしているが、実体は雷神の神使《しんし》たる鵺《ぬえ》である――が言うとシャレにならない。
美咲はあわててベッドから抜け出して支度にとりかかった。

関東某所にある美咲の家は、和風のコンビニチェーン『橘屋《たちばなや》』の西《とり》ノ分店《ぶんてん》を経営している。

この『橘屋』の店舗《てんぽ》の奥には、この世（現《うつ》し世《よ》）と、妖怪たちの棲《す》む裏の世界（隠《かく》り世《よ》、または裏町と呼ばれる）を繋《つな》いでいる一間《いっけん》の襖《ふすま》が存在している。

夕刻になって店先ののれんの色が紺色《こんいろ》から朱色《しゅいろ》に変わるとき、ふたつの世界は襖で繋がり、店内のヒトには見えない棚《たな》には現し世に棲まう妖怪向けの商品も密《ひそ》かに並ぶ。

さらに『橘屋』には、悪さをする妖怪を取り締まる秘密の裏稼業《うらかぎょう》があって、美咲は、父親は妖狐《ようこ》で母がヒトのために半妖怪として生まれたものの、先祖代々続く破魔の力を爪《つめ》に授かり、その店主としての任務を背負うことになった分店の跡取り娘なのだった。


「来おったか、美咲よ」

はなれにある十二畳《じょう》の板の間にて。

支度をすませ、与えられた時間ぎりぎりに顔をだした美咲を、祖母のハツと弘人が端座したまま迎えた。

弘人は京都伏見《ふしみ》にある橘屋本店の息子だが、今年の春からこっちの大学に通うので、通学に便利な今野家《こんのけ》に下宿することになった。ハツは酉ノ分店存続のために弘人を婿入《むこい》りさせたがっているが、ほかに花嫁候補がいたり、半妖怪の美咲のもとへはやれないと断固反対する彼の母親の存在もあったりして、それに関してはうやむやなままである。

「十二歳までは姉とともに合気道をやらせておりました。その後は怠《なま》けてしまいまして、このとおり凡人並みののろまな娘になりさがりまして」

作務衣《さむえ》姿のハツが、面目《めんぼく》ないといった風情《ふぜい》で弘人に告げた。

「そうなんですか。しかし体術の基礎は体が覚えているはずですね。来い。おれが思い出させてやる」

弘人はそう言って美咲の腕を摑《つか》んで部屋の真ん中まで引っ立てていった。

御封《ごふ》を四隅にうって手際《てぎわ》よく頑丈な結界《けっかい》を張った弘人は、

「どっからでもかかってこい」

五歩ほどの幅をおいて美咲と対峙《たいじ》し、きりりと面《おもて》を引き締めて言った。

「どっからって、どこに?」

「それを気取《けど》られたらおまえの負けだろうが」

「そんな……、無理よ、いきなり」

弘人は強い。やられるとわかっていて無謀に手向かう勇気は出ない。

「じゃあ、守りのほうからいくか。おれの攻撃を見切って、阻止《そし》してみせろ」

弘人は、亡き美咲の父の趣味だった壁の小槍《こやり》やらクナイやらの武器類が飾られた額から、数種の棒手裏剣《ぼうしゅりけん》を気まぐれに選んで美咲に示した。

「容赦《ようしゃ》しないから覚悟して臨《のぞ》めよ」

言い終えるのと同時に、妖気を孕《はら》んだ棒手裏剣が美咲に向かってすっ飛んできた。

ほのかな雷光を帯びたそれは、息を呑《の》む間《ま》もなく空《くう》を切って彼女の横っ面《つら》をかすめ、結界の壁に当たったあと、バチバチと音をたてて勢いをなくし落下した。

瞬《まばた》きをひとつしているあいだのほんの一瞬の出来事であった。

「なにボーっと突っ立ってんの、キミ」

弘人が、呆然《ぼうぜん》と立ちつくす美咲を冷たくすわった目で見《み》る。

「速すぎて見えませんでした……」

美咲は床にしょんぼりと目を落としてぼやいた。が、そもそも妖気を込めた武器に素手で太刀《たち》打《う》ちできるはずがないのだ。

「こんなの受け止められるわけないでしょ！」

美咲が鼻息を荒くして抗議すると、

「じゃあ御封を使って阻止しろ」

弘人はふたたび残りの棒手裏剣を直打《じかう》ちにして返した。

「速すぎて間に合わないわよっ」

美咲はかろうじてそれをかわしながら言う。鋭利な切っ先が、ガッと板の間を穿《うが》つ。

「昔、体術で養った勘《かん》をはたらかせろ。そういう素養は訓練を再開すればある日突然よみがえってくるもんなんだよ」

弘人はふたりの間の距離を縮めながら言って、つづけざまに残りの棒手裏剣を反転打ちさせる。

「無理っ。勘をはたらかせる前に武器が飛んでくるんだもん」

「おまえ、口ごたえだけは一丁前《いっちょうまえ》だな」

投げる棒手裏剣がなくなれば、次は妖力《ようりき》を繰り出しながら素手の攻撃である。

美咲はさすがに鬼気迫るものを感じて、とっさに懐《ふところ》から取り出した御封を滑らせて防御壁《ぼうぎょへき》をつくった。

妖気が衝突して黄金色《こがねいろ》の焔《ほむら》がたった。力はかろうじて拮抗《きっこう》していたが、弘人が掌《てのひら》に青白い細かな雷光を走らせて新たな妖気を加えると、美咲の御封はたちまちただの紙くずに変わった。

またたく間に妖気が喰《く》われて、美咲の体は結界の障壁《しょうへき》につき飛ばされる。

鈍《にぶ》い衝撃が背中全体に走って美咲は顔をしかめた。

「立て。相手に隙《すき》を与えるな」

弘人が鋭く言って、さらに間合いを詰めてくる。美咲がよろけながら立ち上がるやいなや、待っていたかのように腕をひっ捕らえられ、またたく間に体に龍の髭《ひげ》が回された。

「ヒロ……、ちょっと待って」

「敵に待ったはない」

気づくと美咲の両腕は、十字に括《くく》った龍の髭によって動きが取れないよう背中できつく縛《しば》り上げられていた。

「なにするのよ!」

「捕縄術《ほじょうじゅつ》の基本中の基本、十文字縄だ」

と、弘人はにやり。

「は? 縛りの名称を訊《き》いてるんじゃないのよ。しかもどうしてそんな嬉《うれ》しそうな顔してるのっ」

弘人は意地の悪い笑みを浮かべている。明らかに状況を愉《たの》しんでいるといった態《てい》。

「なんだ。亀甲縛《きっこうしば》りのほうがよかったのか?」

「やめて」

「巷《ちまた》じゃペットが何体も殺《や》られてるんだぞ。つぎに狙《ねら》われるのはおまえかもしれないのに、こんなにあっさり捕らわれてどうするんだ」

弘人から大真面目《おおまじめ》に言われ、美咲ははっとした。そうだ。近頃、動物園や民家で飼われている小動物が無残に首を刎《は》ねられて死亡する事件が全国各地で相次いでいる。

何者かが意図的に殺戮《さつりく》を繰り返しているのは明らかだが、警察は犯人の手がかりを何ひとつ摑めないでいた。

人間ばなれした奇怪《きっかい》な犯行の手口から、ひょっとするとこれは妖怪がらみの事件で、反橘屋分子による意思表示なのではないかとハツは言っていた。

反橘屋分子とは、文字通り橘屋に反感を抱いている者どものこと。橘屋を構成しているのは本店の鵺を筆頭《ひっとう》に十二匹の獣型《けものがた》の妖怪たちなので、同じ系統の小動物を襲って痛めつけることで、こちらにその叛意《はんい》を誇示《こじ》し、威嚇《いかく》しているわけである。

反橘屋勢力が勢いづいてくるとそういう事象が起きやすくなるというので、近々大きな事件が起きるのではないかと、各分店のあいだで緊張が高まっているところだ。

たしかに、分店跡取りたる美咲の身にも、いつ火の粉が降りかかるかわからない。

が、そんなことを考えているうちに龍の髭が美咲の体からじわじわと妖力を奪いはじめ、

（なんか苦しい……）

美咲は肺に入ってくる空気が格段に減るのを感じて、咳《せ》きこみながら床にへたりこんだ。

龍の髭は現し世でいうと犯罪者にかける手錠《てじょう》のようなものだが、縛られると妖力を喰われてしまう。

悪事を働いた妖怪たちは、いつもこんな状態で護送されていくのか。美咲は妖力のみならず精気までも奪われるような錯覚《さっかく》をおぼえて喘《あえ》いだ。

「髭を……解《ほど》いて……」

湧《わ》き上がる恐怖が本能に訴えかけ、じわりと指先に熱が集まって爪が伸び、破魔の力が顕現《けんげん》した。

爪が出たところで弘人が龍の髭を刀子《とうす》で切断したので、体がすうっと楽になった。

同時に結界も崩されて、弘人の纏《まと》っていた一切の妖気が消え失せる。

「死ぬかと思った……っ」

美咲はどきどきと激しく鳴る胸を押さえた。

体のそこかしこに、まだ髭で縛られているような感触が残っている。きっと、しばらくは絞《し》め痕《あと》も残るに違いない。

「実戦ならとっくにやられておったぞよ、美咲よ」

ハツが不満げに言う。

「大丈夫か？　動きを封じられるまえに破魔の力が出せるといいんだけどな」

表情を和《やわ》らげた弘人が美咲に手を差し伸べる。

「ありがと……」

いたわるような優しい面《おもて》に安堵《あんど》して、美咲が弘人の手を借りて立ち上がったとき。

しゃらん……。

と、涼やかな鈴の音《ね》が耳をうった。次いでバサバサと翼のはためく音がして、美咲は窓のほうを振り返った。

左脚に小指の頭よりも小さな鈴を三つばかり連ねた八咫烏《やたがらす》が、弘人をめがけて飛んでくるところだった。八咫烏とは足が三つに分かれた、伝令使《でんれいし》として使われる隠り世の鳥である。

「なに？」

美咲は八咫烏を捕まえて、足につけてきた紙片を外しはじめた弘人にたずねる。

「仕事がらみの知らせだよ」

「仕事……？」

美咲は鈴の音をふりまいて折り返し主《あるじ》のもとへ戻ってゆく八咫烏を眺めながら、なんとなく胸さわぎを覚えた。

（あの鈴……）

ああいうものはたいてい女が好んでつけるものだ。とすると手紙の差し出し人は女である可能性が高い。仕事がらみと言うからには情報屋の雨女《あめおんな》だろうか。それならそうと言ってくれそうなものだけれど。

書きつけられた内容に目を通した弘人は、とくに反応も見せず、なにかを語ることもなく、すみやかにそれを袂《たもと》に片づけてしまう。

（だれからなの……？）

知りたい気持ちは山々だが、つっこんでたずねるのもなにやら気がひけて、美咲は喉元《のどもと》まで出かかった言葉をしぶしぶ呑《の》みこんだ。

2

その夜、藤堂静花《とうどうしずか》が今野家《こんのけ》にやってきた。

静花は酉《とり》ノ区界《くかい》のとなりの申《さる》ノ区界（宮城・福島・山形のあたり）を監視している分店の跡取り娘で、美咲《みさき》と同じ店主見習いであり、弘人《ひろと》のもうひとりの花嫁候補でもあった。

ハツに呼ばれて階下におりると、上品な柄《がら》ゆきの小袖《こそで》に身を包んだ静花が、すでに座敷《ざしき》に通されて美咲を待っていた。

「こんばんは。おひさしぶりね、美咲さん」

にこやかに挨拶《あいさつ》をする姿は〈御所《ごしょ》〉で会ったときと同じく可憐《かれん》な印象で、背後に薔薇《ばら》でも背負っているような華やかさがそこはかとなく漂っている。

藤堂家は夢幻《むげん》をあやつる獏《ばく》の一族。裏町では鵺《ぬえ》の腹心《ふくしん》として橘屋《たちばなや》の傘下《さんか》におさまっているが、現《うつ》し世《よ》では代々不動産業を営む資産家で、彼女は筋金入りのお嬢様なのである。

「おひさしぶり、静花さん。どうしたの、こんな時間に」

もう、時刻は八時を回っている。

美咲は静花のとなりに控えているスーツ姿の青年――〈御所〉では榊《さかき》と呼ばれていた――にも会釈《えしゃく》してから、座卓を挟んでハツの横に座った。

「頼みごとがあるそうじゃ」

ハツが言った。

「頼みごと？」

「ええ、そうなんですの」

静花が頷《うなず》いたとき、

「あれ、藤堂……」

はなれからふらりと現れた弘人が縁側で足をとめて声をかけてきた。

美咲は思わずごくりと唾《つば》を飲みこんだ。弘人が今野家にいることを、婚約者と目《もく》されている静花に知られるのはまずいのではないか。

「まあ、弘人様。ほんとうにこちらにいらしたのね」

静花は弘人の姿を見るなりはじかれたように立ち上がった。

「〈御所〉に行ってもお姿が見えないので変だと思っていたら、酉ノ分店に下宿されることになったのだと綺蓉《きよう》が教えてくれて……。でもまさか、ほんとうにいらっしゃるなんて驚きだわ」

ここにいることはすでに知っていたようだった。ということは、弘人の母・高子《たかこ》にも当然ばれているのだろうが、いまのところ沙汰《さた》はない。

「ああ、諸々《もろもろ》の事情があってしばらくここに居候《いそうろう》することになった」

弘人は、ちら、と時計の針を確認してから、空《あ》いている美咲のとなりに座った。

「言ってくだされば、ご希望に応じた住み心地のよい一等地のお部屋をお父様が手配しましたのに」

静花もふたたび腰をおろすと、やや口惜《くちお》しげに言った。

「いや、いいよ。襖《ふすま》の近くのほうが都合がいいから」

「ですが、このように慣れない者同士の共同生活などお互い窮屈《きゅうくつ》な思いをされるのでは……」

「そうでもないよ。よけいな心配するな」

美咲は複雑な気持ちで二人の会話を聞いていた。高子は、弘人の婿入《むこい》り先は藤堂家だと断言していた。おそらく静花本人もそのつもりだろう。彼女の熱のこもったひたむきな表情を見ていれば、弘人を慕《した》っているのがいやでもわかる。

「それよりどうしたの、おまえ。こんなところまで出向いてきて」

弘人が静花に不思議そうに問う。

「ええ、今夜はわたくし、協力の要請《ようせい》に参ったのです」

「協力の要請？」

美咲は小首をかしげる。

「はい。実は裏町の申ノ区界で、いま獣型《けものがた》の妖怪を狙《ねら》った醜悪《しゅうあく》な事件が相次いでいるのです。夜、お客で賑《にぎ》わっているお店《たな》に押し入って、獣型の妖怪のみを手当たり次第に殺しますの」

「現し世で起きてるペット殺しに似てるわね」

と美咲が言う。

「ええ。ちょっとこちらをご覧になってくださいませ。――榊っ、地図を」

「はい、お嬢様」

鋭く呼ばれ、となりに控《ひか》えていた榊がすみやかに裏町之地図を卓上に広げる。

「この×印のついたお店が襲撃を受けたところですの。一件目は四月の初旬に。そこから一週間おきに二件目、三件目と場所を変えて同じ事件が起きています。それで事件の起きたお店を線で結んでみたら、等間隔《とうかんかく》で一本の直線になったのです」

たしかに偶然にしてはきれいすぎる直線を描いている。

「それで先週末に起きた最後の事件の場所からさらに線を伸ばして、今夜、襲撃の予測される場所を割り出してみたところ、こちらの西ノ区界の『はだか屋』という湯屋《ゆや》にあたりましたの」

「風香る名湯《めいとう》、人工温泉『はだか屋』ですな」

ハツは知っているらしい。客入りのよい大きな湯屋だという。

「襲撃の予測が可能であることに、もっと早く気づくべきでした」

静花は悔《く》やむように言って表情を曇《くも》らせた。

「申ノ区界の襲撃で、殺されたり手脚《てあし》を折られて重傷の妖怪の数は三十を下りません。なかにはいとけない子妖怪の姿も。もし今夜そこに下手人《げしゅにん》が現れるのなら、確実に仕留《しと》めたいのです。協力していただけますか？」

「もちろんよ」

美咲はふたつ返事で引き受けた。西ノ区界で起きる事件なのだから、自分の仕事である。それでなくとも、小さな子妖怪にまで手を出す輩《やから》なんて、みすみす放っておくわけにはいかない。

「目撃者の証言によると、複数名の人型の妖怪による反抗らしいぞよ」

ハツが言った。

「ちゃんと御封《ごふ》の支度《したく》をしとけよ、美咲」

弘人が人ごとのように言って、席を立つ。

「美咲っ？」

静花が、美咲の名を呼び捨てにした弘人のほうをぎょっとして仰《あお》ぐ。

「なに？」

弘人がけげんそうに静花を見る。

「い、いいえ、なんでもありませんわ」

「あの、ヒロは来てくれないの？」

美咲は引き止めるようにたずねた。

向かいの静花が、こんどは弘人を呼び捨てにした美咲のほうを信じられないといった顔で見ている。

「ああ、ちょっとおれも裏で用事があるんだよ」

「用事？」

てっきり同行してくれるものとばかり思っていたのに。

「藤堂が一緒なら大丈夫だろ」

弘人は伺《うかが》いをたてるように静花のほうに目を向ける。

「御用があるのなら仕方ありませんわね。おまかせくださいませ、弘人様」

険《けわ》しい顔で美咲を見ていた静花だったが、ころりと柔らかな表情になって弘人に返した。

「じゃあ、頼んだぞ」

弘人は少し微笑《ほほえ》んで頷くと、解《げ》せないようすの美咲を置いてさっさと部屋を出ていってしまった。

静花も名残惜《なごりお》しそうに弘人の背を見つめていたが、腕前を信用されているのが嬉《うれ》しいようで、長い睫《まつげ》に縁取《ふちど》られた大きな目は誇らしげに輝いていた。

弘人の母も、幼い頃から裏稼業《うらかぎょう》に携《たずさ》わり積極的に修行に励んできたという彼女の腕前を買っているようだった。みなに認められる存在なのが、美咲にはひどくうらやましく思えた。自分もはやく強くなって一人前になりたい。

が、静花が少々難のある本性を表したのはそのあとのことである。

弘人がいなくなり、ハツも裏町に出かけてしまうと、静花がずいと身を乗り出してきて真っ向から美咲《みす》を見据えた。

「ちょっと、美咲さん。あなた、いったいどういうご了見《りようけん》で弘人様をこちらのお家に囲っていらっしゃるの？」

「え？　囲うって……」

先ほどと一変して高飛車《たかびしや》な物言いに、美咲は面食《めんく》らった。

「いつの間にそんな状況に追いこんだのかと伺っているのよ。弘人様が酉ノ分店に下宿されているなんてびっくり仰天《ぎようてん》。はじめはなんの冗談かと耳を疑ったわ。このわたくしに断りもいれずに何ごとなのっ」

静花は目を鋭く吊《つ》り上げて、怒りもあらわにまくしたてる。

「あ、えっと、おばあちゃんが、勝手に話をつけちゃったみたいで、そのなりゆきでこうなっただけなんだけど……」

「まあ、あの勘違《かんちが》いおばあちゃまね。弘人様がそっちに婿に入ると勝手に決めつけてひとりでさっさと自分に有利な噂《うわさ》を裏町に流して。ほんとうにはた迷惑なお方だわ。あなた、そういえばこの前、巳《み》ノ区界で弘人様を巻きこんでひと騒動起こしたらしいじゃないの。そのあとさらに人肉売買のルートを仲睦《なかむつ》まじく一緒に暴いたりして。まさか事件にかこつけて、わたくしを出し抜こうって魂胆《こんたん》じゃないでしょうねっ」

「べ、別にそんなつもりは……」

「ではどういうおつもりかしら！」

美咲は静花の剣幕《けんまく》に気圧《けお》されて言葉も出ない。

「さきほどだって、弘人様のことをなれなれしくヒロなどとお呼びになって、おまけに自分のことは名前で呼んでもらったりして、いったい何様のつもりよ」

静花は嫉妬心《しっとしん》むき出しでフンと横を向き、吐き捨てるように言う。

「だって、初めて会ったときにヒロって呼んでくればいいって言われたのよ」

さすがに美咲もむっとして返す。そういえば向こうが美咲と呼び捨てにすることになった経緯《いきさつ》は思い出せない。はじめからそう呼ばれていた気がする。

「いくら弘人様がそう仰《おっしゃ》っても、あの方はかりにも本家のご子息。あなたみたいな平民が親しげに呼び捨てなどしてよいお相手ではありませんのよ。もう少し身のほどをわきまえて慎《つつし》んでみてはいかがかしら？」

静花はどこか嫌味たらしく言って、美咲を睥睨《へいげい》する。

一瞬、高子《たかこ》の言葉が脳裏をよぎった。あの人も、こんなふうに自分を貶《おとし》めてののしった。同じ空気が漂うのを感じて、少し胸が悪くなった。

「いいこと？　美咲さん。わたくしは弘人様にふさわしいお嫁さんになるために六つの頃からお茶、お花、お裁縫《さいほう》で女をぴかぴかに磨いてきたの。稼業についても優雅な御封使い、スキのない龍の髭《ひげ》の縛《しば》りっぷりで敵方の始末はばっちりなのよ。あなたなんかに負けなくてよ、美咲さん。　絶対に弘人様を振り向かせて、我が藤堂家の治める申ノ分店の跡取りとして婿入りさせてみせますから！」

「……はあ」

こういうのを宣戦布告というのだろうか。この真っ直《ま》ぐ《す》すぎて頑《かたく》ななまでの熱意はハツにも通じるものがあるわ、などとひそかに感心していると、

「さあさあ、とっとと『はだか屋』に参りますわよ、美咲さん。……榊っ、あなたは湯屋に一緒に張りこんだところでデバカメ扱いされてしまうから今日のところは先に引き上げなさい」

立ち上がった静花はとなりの榊に向かって言いつける。

「しかしお嬢様……」

榊は静花を残しては帰れないといった顔で返事をしぶる。

静花の付き人とおぼしきこの四角四面の青年は、笑うとなくなりそうな細い目をしているが、その奥の小さな瞳《ひとみ》は常に彼女への忠誠心で満ちている。

「大丈夫よ、今日は破魔の力を持つ美咲さんが一緒なのだから。下手人には目から血が流れるような二重苦を味わわせてよ。ですわよね、美咲さん？」

「は、はい……」

いささか困惑《こんわく》気味の榊と目が合って、美咲はかたい笑みを返した。

3

かくして人工温泉『はだか屋』に張りこむことになった美咲《みさき》と静花《しずか》だったが、敵襲を待つまでのあいだ、ふたりはとくにすることもなくて、番台で仲良く腰を据《す》えてすっ裸の妖怪たちを眺めることになった。

橘屋《たちばなや》であることは伏せねばならないので、美咲も静花にならって小袖《こそで》姿である。

湯屋《ゆや》は現《うつ》し世《よ》にある銭湯《せんとう》とは若干《じゃっかん》造りが異なっていた。

男湯、女湯の入り口は分かれているものの、中にはいってしまうと間仕切りは意外と浅く、流し場も脱衣場も見ようと思えば双方丸見えである。浴槽《よくそう》の手前には湯を冷めにくくする柘榴《ざくろ》口《ぐち》が設けられ、その奥は薄暗い。要するに、外の町並みと同じで江戸時代の湯屋のままなのである。

繁盛《はんじょう》しているようで、ひきもきらずに妖怪の浴客《よくきゃく》がくる。

湯気とともに漂うさわやかな檜《ひのき》の香りが鼻腔《びこう》を満たしてくれる。

「あの……、静花さんは、ずっと前からヒロと知り合いなのよね」

美咲は遠慮がちにたずねた。

「そうよ。わたくしが弘人《ひろと》様と運命の出会いを果たしたのは六つの時。お父様について〈御所《ごしょ》〉

の会合に顔を出したときのことですわ。弘人様はお庭で技術集団の方々と手合わせをなさっていたの。わたくしがその洗練された身のこなしに感動して、おそばで延々と見惚《みと》れておりましたらば、そのうち弘人様のほうもお気づきになって、ビリリと痺《しび》れる愛のこもった妖気を送ってわたくしの熱い視線に応《こた》えてくださったんですのよ」

それは邪魔《じゃま》くさいから文字通り雷を放たれただけなのではと美咲は思ったが、静花の美しい思い出のために黙っておくことにした。

「じゃあ静花さんは子供のころからヒロと一緒に悪い妖怪を退治をしていたの？」

「ときどき区界《くかい》内で顔を合わせることはありましたわね」

「ヒロはやっぱり昔から強かったの？」

「そりゃあもちろん」

「へえ。じゃあ小さい体で御封《ごふ》を飛ばしたり雷をバリバリと放っていたのね」

「そうですわ。……まあ、美咲さんたら、弘人様の過去に探りをお入れになったりして、ずいぶんと気にしていらっしゃるご様子っ。やっぱり弘人様のことが好きなんでしょう？」

静花は口をとがらせてぷんぷん怒る。

「べつにどうでもいいけど。ヒロにもちっちゃな頃があったのかって思うだけ」

なんとなく弱みを握られるような気がしていやなので興味のないふりをしたものの、静花にはとっくに恋心を読まれているようだった。

「隠さなくてもよくってよ。弘人様と一緒にいてあの男らしい姿に惹《ひ》かれないはずがありませんもの」

「それは……」

美咲は反論できなくなって、口ごもる。自分も、気づいたら好きになっていた。

「でも無理よ。あの方のお心をつかもうとしても、絶対に叶《かな》いませんわ」

静花はついと脱衣場のほうに視線をむけて、素っ気なく言う。少なくとも自分が弘人の相手だからという調子ではなかった。

「どうして？」

その、どこか投げやりとも取れる言い草に美咲は目をまるくした。

「弘人様にはね、忘れられない女《ひと》がいますの」

「忘れられない女？」

「ええ。白菊《しらぎく》という、三番目のお兄様に仕《つか》えていたお側女《そばめ》ですわ」

「お側女って、なに？」

「あら、ご存じないの？　橘家の殿方《とのがた》に代々与えられている女のことよ。年頃になると、同族の見目のよい女が選ばれて、身のまわりのお世話から伽《とぎ》の相手、それに異類婚をした場合に、奥方に代わってお子を産むお役目を授かるの。弘人様には十三のときから綺蓉《きよう》というお側女がついていますわ」

美咲はぎょっとする。異類婚をすると、たいてい子に恵まれない。鵺《ぬえ》の血を絶やさないために備えられた妾《めかけ》というわけか。

「あの、伽って……夜の相手ってことよね?」

動揺を抑《おさ》えられないまま、美咲は問い返す。

「ええ。でも綺蓉いわく、弘人様とはそういう関係にはなっていないそうよ」

「そうなの……?」

綺蓉。

そういえば、会合の夜、酔った自分を客殿まで案内してくれた娘が、たしかそんな名前で呼ばれていたような覚えがある。整った顔の、しとやかで品のある娘だった。

十三歳の頃から、あの美しい彼女がずっと弘人のそばに?

「どうしてふたりはそういう関係にならないのかしら」

美咲は独《ひと》りごとのようにつぶやく。

「わからないわ。きっと弘人様が綺蓉の気持ちを尊重なさっているのよ。あるいは白菊のことを想《おも》っているから、その妹である綺蓉には手を出しづらいとか」

たしかにあの容姿なら、女としての魅力がないからとは考えがたい。ふたりのあいだに何もないのだとすると、彼女が弘人から大切にされているからということになりそうだ。

(それはそれで、なんだかうらやましい感じ……)

美咲は妙な嫉妬心《しっと》がじわじわと首をもたげるのを意識しながら話をすすめる。

「で、ヒロが好きなのは、綺蓉ではなく、お兄さんの側女なのよね？　でもたしか、三番目のお兄さんは雷神の神効《しんこう》にあやかれずに亡くなっていたはず……」

「ええ。綾人《あやひと》様は四年前にお亡くなりになったわ。——そして白菊も」

「え？」

「白菊はね、もういないの。綾人様を追って、その一年後に身投げしましたのよ」

突然の胸の冷えるような事実に、美咲は絶句した。

「だから美咲さん、あなたも、白菊には勝つことは絶対にできませんわ。死んだ者はみな、美化されるの。白菊は、弘人様の中で美しくなるばかり。浮世《うきよ》の穢《けが》れにまみれて生きるわたくしたちには、とうてい勝ち目などなくってよ」

静花はやや険《けわ》しい面持《おもも》ちで言い募《つの》った。

弘人には、忘れられない人がいる——。

これまで考えもしなかったけれど、彼にも想う人がいて当然である。

（でもまさか、その相手がもう亡くなっているなんて……）

そのことは、美咲に少なからず衝撃を与えた。

静花の言うとおり、たしかに死んだ相手を越えることはできないような気がする。死んだ者は年をとらないし、喧嘩《けんか》もしないから腹が立つこともないだろう。ずっと思い出の中できれいなままだ。

側女たる綺蓉の存在にしても衝撃的だった。静花は体の関係はないと言っていたが、実際のところはわからない。姉が亡くなったいまは、案外しっぽりと寄り添い合っているのかも――。

弘人が綺蓉をかわいがる姿を想像してしまった美咲は、一気にいやな気持ちになった。

洗い場から聞こえる湯をざばざばとあける音や桶《おけ》を置く音、それに妖怪たちの雑談が、呆然《ぼうぜん》となった美咲の耳にうつろに響く。

「わたくしはかまいませんわ。弘人様がどなたを想っていようと」

美咲が黙りこんでいると、静花は気丈《きじょう》に言った。

「ほかの女の人に気があるとわかっていて、結婚できるというの？」

「わたくしが弘人様を想う気持ちに変わりはない。一緒にいられるのならそれで十分だわ」

静花はきっぱりと言った。ある意味たくましい意見である。なぜか、その発言に励まされるような気さえしてくるから不思議だった。

それでも美咲は、少し考えてからぼそりと言った。

「あたしは……愛のない結婚なんてしたくない」

相手の過去までを縛《しば》る権利はない。だから無理に忘れてくれとは言わないけれど、それでもやっぱり、結婚するとなったらちゃんと自分を見ていてほしい。自分ひとりだけを。

そんなふうに思うのは、欲張りでわがままなことなのだろうか。

と、そのとき。

「ヒイイィ――――ッ」

男湯の脱衣場からからけたたましい悲鳴があがった。

番台に座っていた美咲と静花ははっと立ち上がった。

男湯の脱衣場におりると、小袖姿に目の位置だけを荒く編んだ深編笠《ふかあみがさ》をかぶった人型の妖怪が、浴客の一人のわき腹を抉《えぐ》っていた。

腸《はらわた》を出して意識を失った浴客は、実体をさらしてこと切れる。川獺《かわうそ》――獣型《けものがた》の妖怪である。

裸の浴客たちがあわてふためいて逃げ惑《まど》うなか、さらに数人の深編笠の妖怪が乱入してきて別の浴客に襲いかかった。脱衣場の隅で、大柄《おおがら》な男がふたりの深編笠の手にかかって腹を抉られようとしている。

「おやめなさい！」

静花はただちにそこへ御封を飛ばす。

次の瞬間、赤い薔薇《ばら》の花びらが、風をはらんで円を描くように舞い躍《おど》った。甘く品のある香りが脱衣場に満ちる。

獏《ばく》は夢幻《むげん》を操る。この香りごと幻惑《げんわく》なのだ。

香りや花びらに気をとられて油断した敵は、次々と御封に巻かれて動きを封じられてゆく。

（すごい……）

美咲は自由を失った敵方をすぐさま龍の髭《ひげ》で縛《しば》り上げながら、ひそかに感嘆《かんたん》する。弘人が静花の腕を信頼するわけである。

女湯のほうでも悲鳴が上がる。羽目板ごしにそっちを見回す。

敵はざっと見て十名はくだらない。みな、一様に深編笠をかぶって顔を隠した人型の妖怪たちである。

素っ裸のまま、果敢《かかん》にも取っ組み合いを始める浴客もいて、湯屋は悲鳴と怒号の乱闘騒ぎとなった。

静花が御封で深編笠の者を討《う》って、くたばったところを美咲が龍の髭で縛り上げる。

標的を変えてこちらに手向かってくる敵はひとり、またひとりと召《め》し捕《と》られてゆく。

しかし突然、どこからともなく現れた日本犬に似た体軀《たいく》の妖怪が、静花の攻撃を阻止《そし》しはじめた。

御封を喰《く》って、静花の見せる幻惑をみるみる抑《おさ》えこんでしまう。

「なんなのあれ！」

霧《きり》が集まったような状態で存在している、実体のない黒狗《くろいぬ》だった。銀色の鈍《にぶ》い光を放つ眼《め》は鋭く、顔つきはすこぶる凶悪である。

その黒狗の体は、入り口の土間に立った桃色の小袖姿の妙齢の女の手先から伸びている。彼女が操っているもののようだ。

(女……?)

紫色《むらさきいろ》の御高祖頭巾《おこそずきん》をかぶり、けばけばしい化粧に彩《いろど》られた目以外は面布《めんぷ》で包み隠した得体《えたい》の知れない女だった。強い妖気だけが、びりびりとこちらの肌を刺激してくる。

静花が黒狗に向かってさらに御封を放つと、それは女の手に吸いこまれるように戻ってゆく。

「おまえ、何者なのっ」

静花は御高祖頭巾の女と至近距離で対峙《たいじ》する。女は答えない。

そのまま双方が攻撃を仕掛けにかかるというとき、静花の手が一瞬ひるんだ。

(静花さん?)

脱衣場から女の背後にまわっていた美咲は、その華奢《きゃしゃ》な背に御封を貼《は》りつけようとする。が、すんでのところで気取《けど》られ、振り返りざまに右手首を掴《つか》まれた。

バチバチと妖気が衝突して、黄金色《こがねいろ》の焔《ほむら》がたった。

女が、空《あ》いた手先から美咲に向かってふたたび黒狗を出そうとするのがわかった。

(いけない……!)

美咲はひと足先に左手に破魔の爪《つめ》を出した。

その鋭い爪先で、女の胸元を三寸ほど容赦《ようしゃ》なく引き裂く。

じわりと黄金色の焔がたつ。

女は呻《うめ》きながら胸をかばって、美咲から離れた。裂けて乱れた懐《ふところ》に、みるみるうちに鮮血が広がる。

怒りに満ちた女の眼が美咲をぎろりと睨《ね》めつけた。目の造りそのものは優しげなのに、なぜか蛇《へび》のように冷たく禍々《まがまが》しい印象を与える。

と、女の両手の先からぐわっと黒狗が生まれ、油断した美咲の手首から腕のあたりに牙《きば》をたてた。

（しまった！）

つよい妖気を帯びた牙が素肌に喰いこんだ。

美咲は悲鳴をあげ、腕をかばってあとずさった。

「美咲さん！」

静花が女の背後から御封を撒《ま》きにかかるが、女は黒狗をさしむけてそれらを咬《か》ませてかわした。

女はさらにひらりと高く跳躍《ちょうやく》して、美咲たちに縛り上げられた仲間の妖怪たちのほうにも黒狗を繰り出し、片《かた》っ端《ぱし》から彼らの息の根を止めていった。

美咲と静花は目をみはった。口封じのために仲間まで殺してしまうのか。

「なんてことを！」

静花が叫んで御封を飛ばし、縛られた敵をかばおうとした。

「退《ひ》け！」

召し捕られたすべての仲間を殺すと、女は鋭く叫んで残党に合図を送って風のように素早く屋外に姿を消した。

御高祖頭巾からのぞく目は冷たかった。命を奪うことなどなんとも思わない、むしろ爽快《そうかい》であるといわんばかりの残酷な愉悦《ゆえつ》をたたえているように見えた。

「お待ちなさい！」

静花がただちにあとを追うが、美咲は左腕に走る激痛に耐えられず、その場にしゃがみこんだ。

(痛い……！)

咬まれた箇所からどくどくと血が溢《あふ》れ出ている。血を止めようと手で覆《おお》うと、掌《てのひら》がぬるりと血に滑って、同時に破魔の力が滲《にじ》んだ。これは、さっきの女の妖気が腕の中でまだ息づいている証《あかし》だ。

あたりには血の匂《にお》いが濃くたちこめていた。力を失って紙くずとなった御封がそこかしこに散らばっている。

負傷した妖怪たちの呻《うめ》き声も聞こえた。助けてやらねばならない。

しかし傷口からしびれるように広がる激痛が、立ち上がる力さえも奪った。

気配を感じて振り返ると、静花が獏に変化《へんげ》した姿で戻ってきていた。

熊に似た体毛に覆われた肢体《したい》。鼻は象のように長く、犀《さい》を思わせる目は女らしく優しげなものである。敵を追うには獣型のほうが断然速いので、変化して追っていたのだろう。

「大丈夫ですの？　美咲さん！」

静花がまたたく間にヒトの姿に戻って美咲に駆け寄る。

「女たちは？」

「撒《ま》かれてしまいましたわ。抜け小路《こうじ》が目の前で袋小路に変わったの。あらかじめ退路を確保していたみたい」

足の速いはずの静花でも追いつけないほどの脚力を備えているということは、女も獣型の妖怪である可能性が高い。さきほどは黒狗などを手先から繰り出していたから、女の実体は狗神《いぬがみ》あたりだろうか。

狗神とは、飢餓《きが》に陥《おちい》った犬の首を打ち落として、人の往来《おうらい》のある辻《つじ》や道端《みちばた》に埋めて晒《さら》すことで霊の怨念《おんねん》を増幅させて生まれてきた、いわば怨《うら》みのかたまり。

自他の強い怨みを操って攻撃に変える技を持つというから、あの黒狗がそれなのではないかと美咲は思う。

「わたくしが迂闊《うかつ》でした。いらぬ隙《すき》をつくってしまいましたわ」

静花が申しわけなさそうに頭《こうべ》をたれた。

「いいえ。……でも、どうして？」

美咲の目にさえも、静花があの一瞬、攻撃をためらったのがわかった。

「あの女の目が──

静花はいったん言葉を切って女を思い出してから、呻《うめ》くように言った。

「あまりにも白菊に似ていたから……」

4

美咲《みさき》は、静花《しずか》とともに負傷した妖怪たちの手当てをはじめた。

自分の傷は静花に手巾《しゅきん》で縛《しば》ってもらった。手巾にはじきに血が滲《にじ》み、傷はじんじんと熱をもって骨の髄《ずい》まで疼《うず》いている。女の残した妖気はいつになったら消えるのだろう。

死んだはずの白菊《しらぎく》に似ていたと静花の言う、御高祖頭巾《おこそずきん》の女のことも気になった。

痛みと不安に苛《さいな》まれながら、わんわん泣き喚《わめ》く──これもやはり獣型《けものがた》である──子の傷口から血を拭《ふ》き取りかけたとき、

「もし」

いつの間にか背後に迫っていた男が声をかけてきた。

浅葱色《あさぎいろ》の小袖《こそで》に袴《はかま》姿で眼鏡《めがね》をかけた、年のころは二十歳を二、三過ぎばかりの青年だった。

「なにがあったのです?」

青年は落ち着いた声で問うてきた。風呂《ふろ》に入るために来たという風情《ふぜい》ではないし、惨劇《さんげき》を目

にしているのにもかかわらず比較的冷静なのだった。

「たったいま、不届き者が押し入って乱闘騒ぎになって……」

青年の視線は、血の滲んだ美咲の左腕におりていた。

「その腕、見せてください。他者の妖気を孕《はら》んだまま動くのは危険です。悪いものだと、毒と同じで喰《く》われてしまいますよ」

青年は丁寧《ていねい》な口調でそう言って、美咲のそばに屈《かが》みこんだ。

美咲はとっさに身を硬くした。

ここは裏町である。怪《あや》しげな人物には見えなかったが、妖怪的な特徴は何も見当たらないし、妖気もすっかり消していて実体がなんであるのかはまったくわからない。

「ご安心ください。わたしは〈御所《ごしょ》〉で医務官を務めている者です」

美咲の警戒を読んだらしく青年が言うと、となりにいた静花が眉《まゆ》を上げた。

「医務官？　では、あなたもしや分家の……？」

「そうです。橘《たちばな》　総介《そうすけ》と申します」

青年は少し微笑《ほほえ》んで名乗った。

橘と聞いて、美咲の緊張もにわかにゆるんだ。どうやら身内らしい。

「わたくしたちも、橘屋の分店の者ですの」

静花が言った。

「そうでしたか。ということは、事件を追ってこちらに？」

「ええ。襲撃が予測されていたので張りこんでいたのですが、敵方もなかなかの手練《てだれ》で」

「きみから手当てしましょうか」

「おねがいします」

　橘屋の身内ならば案ずることはなにもない。美咲は心安さをおぼえて、遠慮なく左腕を差し出した。

　総介は、隅あて金具の下げ箱から底の浅い瓶《びん》につめられた軟膏《なんこう》を取り出して、手早く処置をはじめた。軟膏は現《うつ》し世《よ》では見たことのない玉虫色をしている。

「きみにはヒトの血が流れていますね？」

　総介が言った。

「ええ。どうしてわかるんですか？」

「血の匂《にお》いが我々とは若干《じゃっかん》異なりますから」

「そうなの？　自分じゃちっともわからないわ」

　これまでにも、美咲はいろいろな場面で半妖怪であることを見抜かれてきた。指摘されれば、正直あまりいい気はしない。なにか、半妖怪であることを隠す方法を探すべきなのだろうか。

「わたしも現し世暮らしをしています。ふだんは地味で真面目《まじめ》な医学生ですよ」

　総介は言った。

「医学生……」

橘家の傍系《ぼうけい》が営んでいる橘総合病院というのが都内にある。総介はそこの跡取り息子なのだという。

理知的な感じのする顔立ちはいかにも医療従事者といった風情だが、従兄弟《いとこ》同士にあたる弘人《ひろと》と似たところはまったくない。

「今晩は楓《かえで》様の往診《おうしん》の帰りで」

傷口に触れられて痛みに顔をしかめている美咲に、すみやかに軟膏をすりこみながら総介は言う。楓様とは、弘人の兄・鴇人《ときひと》の妻のことである。

「楓様はどこか具合が悪いのですか？」

となりで、子妖怪の止血《しけつ》をしていた静花が、やや驚いたように問う。

「いえ、どこにも異常はありません。間もなくお知らせがあるかと思いますが、楓様はご懐妊《かいにん》されておりますので」

総介がにこやかに告げるのと同時に、美咲の腕はすうと楽になって、破魔の力も消え失せた。

「まあ、赤ちゃんが。それはおめでたいことですわね」

静花は手を合わせて感嘆《かんたん》の声を上げる。

本家にはまだ跡取りはいないから、はじめての子ということになる。世継ぎが生まれるのはおめでたいことだと、美咲も温かい気持ちになった。

総介は実に手際《てぎわ》よく、美咲の腕に包帯を巻いてゆく。包帯止めをほどこせず、処置はすんだ。傷口はまだ熱を持って疼くが、敵の妖気を帯びていた先ほどまでとは比べ物にならないほど楽になっていた。あの玉虫色の軟膏には妖気を滅《めっ》する効能があるようだ。

「ありがとうございます。ほかの負傷者の手当てもしてくださいますか？」

美咲がたずねると、

「ええ、もちろんです」

総介はにこやかに頷《うなず》いて、腰を上げた。

第二章　過去をたずねて

1

『はだか屋』の騒動から六日ほど過ぎて、美咲《みさき》の左腕の傷も癒《い》えはじめた頃。

朝、学校へ行くため玄関で靴をはいて出かけようと立ち上がったところで、美咲は外から帰ったばかりの弘人《ひろと》に出くわした。

「あー、飲んだ飲んだ。飲みすぎた。やばいな、コレ」

こめかみを押さえながら玄関に入ってきた弘人を見て、美咲は面食《めんく》らった。

瞳《ひとみ》の色が人ならぬ色を帯び、感度の鈍《にぶ》い美咲にまでわかるほどにすっかりと妖気を解放している。

「おかえり。遅かったね。もう朝よ」

ゆうべ、弘人は裏町に出かけたらしく、朝食時は家にいなかった。

「あれー、朝っぱらからどこ行くの、おまえ」

弘人は制服姿の美咲の姿を見て不思議そうに問うてくる。

会話がかみ合わない上に、気の抜けたような口のきき方をするので、美咲は眉《まゆ》をひそめた。懐《ふところ》手《で》して自分を見下ろしている姿には、どこかしどけない感じさえ漂う。

「どこって、学校に決まってるでしょ。この恰好《かっこう》見てわかんないの？」

「ああ、学校ね。そんなもん、サボれ」

弘人は平然と言ってのける。

そういうことを言うタイプではなかったはずなので、美咲は耳を疑った。

「か、簡単に言わないでよ。そんなこと」

「いいじゃん。おまえなんかどうせ居眠りしてるだけだろ」

「失礼ね！　……そういうときもあるけどどっ」

「で、行くのか？」

「あたりまえでしょ」

「なんだよ。せっかく一緒に遊ぶの楽しみに帰ってきたのに」

弘人は約束を破られてへそをまげた子供のように、あからさまに不機嫌《ふきげん》な顔をする。

「あ、遊ぶって……、なにして遊ぶのよ」

妙な言いまわしである。

「なんでもいいよ。おまえのしたいことなら、なんでも」

弘人は意味《いみ》深長《しんちょう》な口ぶりで言ってにやりと笑うと、うしろ手に玄関の戸を閉めた。

「あたしはべつに何も……」

「じゃあ、おれのしたいことでいいんだな？」

そう言って、弘人は美咲に詰め寄ってくる。

「お、おれのしたいことって、なによ。酔ってるんでしょ」

美咲はなんとなく危機感を覚えて一歩、たじろいだ。

「酔ってませんよ。全然」

弘人はしれっとして言う。

「うそ。じゃあこの妖気は！　その妖怪でしかありえない緑色の目はどう説明するのっ」

「ああ、こいつは目薬のせい」

「目薬ってなによ。つまんない嘘《うそ》つかないで！」

擬態《ぎたい》できないほどに酩酊《めいてい》しているということに違いないのだ。

「嘘じゃないよ。『八客《はっかく》』で飲んでたら薬売りが来てさ。新しい薬を試してみろっていきなり目の玉ひんむかれて、強引にさされたんだよ」

「で、そのせいでほんとうの色を抑《おさ》えられなくなったというわけなの？」

「そういうこと」

「いいお薬だこと。でも、いますぐ目を洗って出直してきて」

「それはおれの目が気に入らないってことか？」

弘人が瞳《ひとみ》を妖《あや》しくきらめかせて、さらに一歩、美咲に迫った。ほんのりと霊酒《れいしゅ》の香りが鼻先をくすぐる。霊酒とは、生き物の魂魄《こんぱく》を醸《かも》した異界の酒。どこまでも甘く、爽《さわ》やかな朝に似つかわしくない淫靡《いんび》な香りである。

「そ、そうじゃないけど……っ」

美咲は言葉に詰まった。この瞳《め》には弱いのだ。この、なにもかも攫《さら》っていきそうな翡翠色《ひすいいろ》の瞳には。

「ないけど、なに？」

「えっと……」

「えっと？」

弘人に迫られてずるずると後ずさっていた美咲の背中が、とん、と壁につき当たった。両側を弘人の腕に囲われて、いつのまにか逃れることができない。

弘人の視線はじっと美咲に注がれている。煽《あお》るように艶《つや》めいてゆれる双眸《そうぼう》。

(これじゃ、文字通りの色目じゃないの……)

間近で見つめられ、美咲は抑えられない胸の高鳴りに息苦しささえ覚えた。

弘人の手が伸びて、頰《ほお》から耳朶《じだ》にかけて優しく触れてくる。指先から伝わるかすかな熱に、美咲の意識はどうしようもなくかき乱される。

「あ、あの、こういうの、どきどきするからやめて。なんか、心臓に悪いから……」

美咲は紅潮《こうちょう》した顔をそむけて、ようようと言った。

「なんで。こんなのただの求愛行動」

弘人はそのまま指の隙間《すきま》に美咲の髪を遊ばせながら、顔を寄せてくる。いまにも美咲の額《ひたい》に唇《くちびる》が触れそうなくらいの距離に。

「求愛っ？　もう、なに言ってんのよ、ヒロは！　……ていうか、ここ玄関だからっ。人が出たり入ったりするところ！」

場所も時間帯もまるでおかまいなし。弘人はあきらかに酔っている。

美咲はたじたじの態《てい》で弘人の胸を押し返そうとするが、彼はそんな抵抗はものともせず、いともたやすく彼女の両手首を壁にぬいとめた。

「おまえさ、『蜜虫楼《みつむしろう》』の地下で劫《めぐる》とはしたくせに、なんでおれが相手だとこんなに抵抗するんだよ？」

美咲ははっと息を呑《の》む。以前、アルバイトとして入った幼馴染《おさななじみ》の妖狐《ようこ》の少年・劫と地下に監禁されたときに起きた不可抗力の事件のことだ。こんなときにひきあいに出すなんて、根に持っているのだろうか。

「あ、あれは事故みたいなものでしょ。土蜘蛛《つちぐも》に操られてたのよ」

「ああ、事故ね。そういえば、おれとしたのもたしか事故だったよなあ。溺《おぼ》れた人にする人工呼吸みたいな？」

悠然《ゆうぜん》と笑う弘人は、そのことを思い出させて楽しむかのような目つきをしている。

「そ……そうね。そんなこともあったわね」

弘人は美咲の体に入った寄生妖怪を命がけで引き受けてくれた。……口移しで。

「覚えてたか」

「あたりまえでしょ……」

「じゃあ、忘れないうちにもう一回しとこうか」

しっとりと甘く誘う声が耳朶《じだ》をかすめる。

それから、返事をまたずにこめかみに唇が押し当てられる。ほのかに弘人の吐息《といき》を感じて、美咲の体は一気に熱くなった。

「えっと、あの……、それより、もうダメ。あたし、時間だから行かなきゃ。電車乗り遅れちゃう。遅刻三回で欠席一回に数えられるの。あたし、すでに二回遅刻してるから、もし今日遅刻したら欠席扱いになるの。ね、あの、ちょっと……ヒロってば、聞いてる?」

焦《あせ》りと緊張でくらくらしながら弘人を仰《あお》いだとたん、

「ごめん。聞いてない」

待っていたかのように唇を奪われた。

(ええーっ……キスされた!)

唇にふってきた柔らかな感触に、美咲はたしかにこうして弘人と唇を合わせたことが過去に

もあると思った。あのときは、やむなくなされたことだけれど今回は違う。今回は――……。

頭の奥がしびれたような感じになり、一瞬なにも考えられなくなって、美咲は抵抗することを忘れた。

と、その時。

「ただいま～」

玄関がからりと開いて、夜勤を終えた看護師の母・ゆりが帰ってきた。

(うそ！)

美咲はぱちりと目を開いた。

「あ、お帰りなさい、お義母《かあ》さん」

口づけを中断した弘人が、美咲を囲いこんだ状態のまま、涼しい顔で母を迎える。

「あらあら、まあまあ、弘人くん。だめよ、朝からこんなところで」

ゆりは一瞬目を丸くするが、幼児のいたずらでも見つけたときのようにおだやかな笑みを浮かべてたしなめた。

「――だってさ。どうする？」

弘人が悪びれもせず、はなれようとじたばたしはじめた美咲に視線をもどす。

「どうするもこうするもないでしょ。さっさとどいてよッ」

美咲は顔を真っ赤にして弘人を押しのけにかかる。

「わかりました、お義母さん。続きは夜にします」

弘人は行儀《ぎょうぎ》よくゆりに告げて一歩退《ひ》くと、ようやく暴れる美咲の身を解放した。

「しないわよ。なに言ってんの、バカっ」

「うふふ。仲のいいこと」

ゆりは困ったようなそうでもないような笑みを浮かべながらぱたぱたと奥へ行ってしまう。

「もうっ、ヒロのせいでお母さんに変なとこ見られちゃったじゃないのっ」

美咲は鞄《かばん》を拾い上げて胸に抱《かか》えながら、憤然《ふんぜん》と弘人を睨《にら》みつける。

「いいじゃないか、これくらい。減るもんでもないんだし」

「減るのよ、嫁入り前の娘は！」

「おまえは婿《むこ》取りする身だろうが」

「どっちにしても同じでしょ。だいたいどうしてこんな時間まで裏町で飲んでるのよ。もう夜が明けてるのよ。お日様出てるの！　ちゃんと学校行きなさいよ、この酔っ払い！」

「あーうるさ。耳元でギャンギャン吠《ほ》えやがって、犬か、おまえは」

弘人は耳に指をつっこんで迷惑そうに顔をしかめる。

「犬？　あたしは狐《きつね》よ、キ・ツ・ネ！」

「毛が生えてて耳が立ってて足が四本なのはおなじだ。……さてと、遊んでくれる相手もいないし、そろそろフロ入って寝るかな」

弘人は美咲を無視して、大あくびをしながら行ってしまう。

「遊び？　遊ばれてたの、あたし……」

美咲は気《け》だるそうに縁をゆく弘人のうしろ姿を見ながら唖然《あぜん》とする。

（あれってだれなのよ？）

まるで別人ではないか。いつもの真面目《まじめ》で清廉《せいれん》な弘人はどこへいったのだ。

同居を再開してわかったことだが、弘人は夜中、頻繁《ひんぱん》に裏町に出かける。夜半過ぎに戻ることもあれば、今朝のように明け方にしか戻らない日もある。妖怪はそもそも夜行性なので、夜出歩く習慣はハツにもあるのだが、向こうの世界でなにをしているのだろうと美咲はいつも不思議に思う。

と、ちょうどそこへ、

「おはようございます、お嬢さん」

帳面を持った雁木小僧《がんぎこぞう》がひょっこりと現れた。小柄《こがら》で中性的な顔立ちをしたこの少年は酉《とり》ノ分店《ぶんてん》の店員のひとりで、実体は全身に緑色の毛を生やした魚好きの妖怪である。

「あ、雁木小僧、おはよう」

大福帳《だいふくちょう》にハツの認印をもらいに来たようだ。

「ねえ。あんた、ゆうべ、ヒロがどこに行ってたのか知ってる？」

「え、ゆうべ？　ゆうべはおれと一緒に人面樹《じんめんじゅ》の駆除をしてたんすよ。両国《りょうごく》で異常に繁殖《はんしょく》しやがって、近所の住民からうるさいと苦情が出てたもんで」

人面樹は樹《き》にヒトの顔をした花が咲いたもので、大した害は及ぼさないが、通行人に無駄に笑いかけてくるので数が増えるとかまびすしい。

「じゃあそのために裏町へ行ってたの？」

「ええ。あ、でも仕事片づけてから別れました。そういやさっき、妖気だだ漏《も》れの状態でふらりと帰ってみえましたよね。あれからどっかで飲んだんすかねー」

「そうそう。飲んだの。飲みすぎたのよ。おかげでこっちは大変だったんだからっ」

「はあ、そうなんすか。完璧《かんぺき》なお方にも何かしら欠点めいたものがあるわけですね。玉にキズ的な」

「酒癖《さけぐせ》が悪いという時点で完璧からは大いに外れてると思うわ」

美咲は口をとがらせる。

けれどあんなふうに深酒をするのはほかに理由があるからのような気がする。霊酒がいくら現《うつ》し世《よ》暮らしをしている妖怪の体に必要なものといっても、度が過ぎるのではないか。

最近、彼に何かが起きている。

『はだか屋』の騒動を報告し、襲撃犯の頭《かしら》が白菊《しらぎく》に似ていたらしいことを話したとき。あのとき、弘人はこれまでにない動揺を見せた。白菊という名を出したとたんに表情を失って、返事のひとつさえもしばらくしなかったのだ。もう、三年も前に終わった恋のはずなのに。

さらに気がかりなのは八咫烏《やたがらす》で繋《つな》がっているあの鈴の相手——おそらくは女——の存在である。

（もっと、いろいろ話してくれればいいのに……）

酒を飲んで忘れたいようなことや辛《つら》いことがもしあるのなら。

それとも自分では役に立たないのだろうか。さっきみたいに、からかって楽しむだけの相手にすぎないのか。

毎日顔を合わせているのにもかかわらず必要とされていないのは、ひどく寂《さび》しいことだと美咲は思った。

2

弘人《ひろと》の兄、鴇人《ときひと》が重傷との知らせが入ったのは、その翌日のことだった。

鴇人は今週は㈱橘屋《たちばなや》東京支店のオフィスに出張の身で、滞在中のホテルから出勤したところを何者かに襲われたのだという。

たまたまオフィスにほど近いところにある一族の傍系《ぼうけい》の営む橘総合病院に運ばれ、処置をうけた。そこには妖怪がらみの患者を収容する特殊病棟《びょうとう》が密《ひそ》かに存在している。

せっかくの休日なので友達を誘って買い物にでも行こうかと考えていた美咲《みさき》だったが、弘人が鵜人の見舞いに行くというので、一緒についてゆくことにした。

鵜人のことも気がかりだし、橘総合病院といえば、先日、美咲の左腕を手当てしてくれた総《そう》介《すけ》のいる病院である。あの日は、ほかにもたくさんの妖怪の手当てをしてもらって世話になったので、あらためてその礼を言いたいと思った。

重傷の知らせに、弘人はめずらしく気を揉《も》んでいるようだった。

表の仕事が忙しいので捕《と》り物《もの》はやらないが、秘めた妖力《ようりき》や戦闘能力は自分の上を行くはずの男なのだという。その兄がやられてしまうとは。

美咲の頭には、以前、土蜘蛛《つちぐも》の言っていたことが浮かんでいた。もう鵜人は雷神を呼べる体ではない。裏町ではそんな噂《うわさ》がまことしやかに流れているのだと――。

実際に敵方にやられて重傷を負い、臥《ふ》せっているとなれば、噂を裏づけるようなものである。

それとも相手が強すぎたのか。いずれにしてもいやな予感がする。


橘総合病院は、お上《かみ》の弟が院長を務める床数二〇〇ほどの救急指定病院である。

医療設備は整っているのだろうが、建物自体は比較的古い。

受付で弘人が部屋番号をたずねた。職員のどこからどこまでが妖怪なのか、美咲には見当がつかない。

鵤人は妖怪がらみの患者を収容するという別棟《べつむね》の特殊病棟にいた。

不安を抱《かか》えていざ部屋の戸を開ければ、当の本人はベッドの上で半身を起こし、書類やパソコンの液晶画面など眺めて案外けろりとしていた。

鵤人は、弘人とは腹違いの三十二歳になる兄である。弘人とは対照的に柔和《にゅうわ》な顔立ちをしているが、㈱橘屋の経営幹部に籍をおくやり手で、裏の橘屋の次期総帥《そうすい》でもあり、瞳《ひとみ》には上に立つ者特有の人を心服させる力を秘めている。

「出勤中に襲われて重傷とか聞きましたが……」

弘人が硬い声で問う。

「このとおり、体中包帯だらけだよ」

鵤人は屈託《くったく》のない笑みを浮かべて言う。

「えらくあっさりやられたんですね」

弘人はいささか不機嫌《ふきげん》そうに返す。

「ああ、ほんとうに参ったよ。ホテルを出るなり、いきなり野衾《のぶすま》の群れにおそわれて窒息《ちっそく》させられそうになったんだから」

後頭部に手をやって、鵤人はやれやれといった調子で嘆息《たんそく》する。

野衾とは、人を襲って窒息死させたり生き血を吸ったりするムササビに似た妖怪である。

「それから猖々《しょうじょう》に骨を数カ所折られた。やつらは反乱分子だな。姿も消さずに堂々とやるもんだからこっちは命がけで目くらましのための結界《けっかい》を張ったんだよ」

猩々はヒトに似た赤ら顔で、体は手足の長い猿に近い妖怪。ここは現《うつ》し世《よ》なのだから、妖怪の横行《おうこう》がひと目についてはまずい。

「そのまま連中を始末することはできなかったんですか？」

「できていたらいまごろ支店で会議に出席してるね」

弘人は兄の言葉にいまいち納得のゆかぬ顔で首をかしげる。

「美咲ちゃんも来てくれたの。ありがとう。ニアミスだったね。いまさっき高子《たかこ》さんが帰ったところなんだよ」

鴇人は、美咲に目をうつし、人のよさそうな笑みを浮かべておだやかに告げた。

鴇人は美咲と高子との気まずい関係をとっくに知っている。たしか、〈御所《ごしょ》〉で高子から警告を受けた直後、庇《ひさし》の間《ま》でこの男にばったりと会った。会話を聞かれていたのだろう。それでなくとも、家のごたごたはしっかり把握《はあく》していそうなタイプである。

「おまえが家を出ていってから、高子さんはすぐにおまえの居場所をつきとめたよ、ヒロ。兄さんは気をきかせて連れ戻そうかと提案してみたんだが、どうせじきに音《ね》を上げて帰ってくるからいいと断られた」

「そうでしたか」

弘人はそっけなく言う。

「音を上げる予定はないの？」

「ありませんね」

「じゃあ今後は親子で根競《こんくら》べか」

鴇人はどこか面白がるように言う。

弘人はちら、と美咲のほうを気遣《けづか》わしげに見た。

高子に関することや、兄弟の会話を聞かれたくないのかもしれない。

「あ、あたし、ちょっと医局のほうに行ってくるね」

美咲はなんとなく居心地の悪さを感じたので、総介に礼でも言いに行こうと自分から病室を出ていった。


美咲がドアの向こうに消えるのを見届けてから、弘人は鴇人に向き直った。

「橘屋の次期総帥が、なんてザマですか」

鴇人を睨《にら》みおろし、責めるような厳しい声音で言う。

「だから、全治三週間の負傷だよ。まあ、妖力注ぎこんで早く治すって手もあるけどね」

「兄さんが自分の身も守れないような情けない男とは思いませんでした」

「おれもびっくりしたよ。猩々も強い奴《やつ》はけっこう強いんだな」

「結界まで張ったのなら、雷神でも呼べば簡単に片づけられるはずですが」

「もったいなくて、そう簡単に降ろしたくないというのが本音なんだよね」

人を食ったようなその言い草に、弘人はいっそう表情を険《けわ》しくした。

「それで病院に担《かつ》ぎこまれるほどの怪我《けが》をしてれば世話はないですね。みなが噂していますよ。本家の長兄の体には、もはや雷神は降りないのではないかと」

「そう。それは困ったねえ」

パソコンの液晶画面に目を落としたまま、鵺人は人ごとのように返す。

「現し世の事業にかまけて神語《かむご》を忘れたんですか？」

「そうでもないよ。このところ唱えてないから、埃《ほこり》かぶってることは確かだがね」

「なにを考えているんですか、兄さん！」

弘人は思わず声を荒げた。

すると鵺人はぱたりとパソコンの画面を閉じて、面《おもて》を上げた。

「橘屋の将来のことしか考えてないよ」

一変して引き締まった真顔で即答され、弘人は気圧《けお》されたように口をつぐんだ。

いつもは飄々《ひょうひょう》としているが、本腰を据《す》えればとたんに人が変わったように威厳《いげん》が満ちる。

反乱勢にむざむざとやられたりしたのは、なにか考えがあってのことなのだろうか。

しかし鵺人は、兄の肚《はら》が読めないまま無言で立ちつくす弟に淡々と告げた。

「おまえは、おれに代わっていつでも神効を降ろせるように準備万端ととのえておきなさいよ、弘人」

病室を出た美咲は、総介を探しにエレベーターに向かった。

不在ということも考えられるし、広い病院だから職員にたずねたほうが早い。

美咲がエレベーターのボタンを押して待っていると、

「美咲ちゃん」

南向きの、ガラス張りのロビーのほうからふと名を呼ばれて顔を向けた。

すらりとした痩身《そうしん》に白衣をはおった青年——橘総介その人が窓を背にして立っていた。

「総介、さん……？」

逆光でやや見えづらいが、眼鏡《めがね》の向こうの目は優しげにこちらを見ている。

「お見舞いですか？」

総介がたずねた。この前とおなじ、柔らかな印象の声音だった。

「はい。あたしはあなたにお礼が言いたいのもあって、ヒロについてきたんです」

美咲は総介のほうへ向かいながら答えた。探す手間がはぶけてよかった。

休日のうえに特殊病棟のせいか、ロビーに人気《け》はまったくなかった。

隅に配された観葉植物のつややかな葉が、窓から差しこむ朝日をはじいている。

「傷はどうなりましたか？」

「おかげさまでだいぶよくなったわ。もう、動かしてもぜんぜん平気」

美咲は包帯の巻かれた左腕を示してみせた。

「それはよかった」

総介はそう言って、白衣のポケットから探ったなにかを口にくわえた。煙草《たばこ》だった。総介は手馴れた様子で火をつけると、深々とそれを吸いこむ。

総介が煙草を吸う人だとは、まったく予想していなかった。

吐き出された煙はゆるやかな模様を描き、やがて虚空《こくう》に溶けて消えてゆく。

美咲は気を呑《の》まれたようにそのさまを見つめた。

総介は、肺からすっかりと煙を吐き出してしまうと、

「院内禁煙。——と言いたそうですね」

棒立ちになっている美咲に代わって、ゆったりとした落ち着いた口調で言う。

ここはたしかに病院で、禁煙のはずである。しかしそれよりも美咲は、煙草の香りのほうに気をとられているのだった。

「匂《にお》いが……、霊酒《れいしゅ》に似ているわ」

あたりにはいつのまにか、霊酒によく似たあの甘くて重たいような香りがそこはかとなく漂いはじめている。

「そうですね。これは、隠り世《かくよ》で造られた煙草なのですよ」

総介が、指にはさんだ煙草を美咲に軽く示してみせた。

「まさか、それも霊魂《れいこん》を使ってできたものとか……？」

美咲は、彼の沈着な物腰につられて、おとなしい声音でたずねる。

総介は否定も肯定《こうてい》もせず、ふたたび煙草を吸いこみながらあいまいに微笑《ほほえ》んだ。

「あなたは、霊酒は飲まないの？　こっちに住む妖怪たちは、みんなあれで栄養を補っているんだって聞いたわ」

美咲は香りにひかれるように、窓際《まどぎわ》の総介のとなりに並んでからたずねた。

「わたしは酒は飲みません。あまり好きではないので。代わりにこの方法で体を保つ。もう八つの頃からずっと吸っています」

八つ。美咲はあまりの若さに目を見開いた。

「肺を悪くしたりしないの？」

「むしろ吸わないほうが体に悪い」

頓着《とんちゃく》しない様子で、おっとりと答える。現し世《こっち》で暮らすうちに、体に必要な養分が欠けてしまうのだという。

総介と話していると、時の流れがゆるやかになるような心地がする。泰然《たいぜん》として、少しばかり温度の下がった、この人のかもしだす独特の雰囲気《ふんいき》にからめとられてしまうような感じ。

「きみのお母さんはヒトでしたよね」

「ええ」

「わたしは君にとても興味があります。ヒトでありながら、妖怪の血も受け継いでいる。その、心のつくりはどうなっているのか」

「心のつくり……」

「ぼくの体にも、狗神《いぬがみ》と鵺《ぬえ》の、ふたつの血が流れているのですよ」

美咲は驚きに目をみはった。

「あなたの両親は異類婚なの？」

「わたしの父はここの院長で、弘人の父親とは兄弟ですが、わたしと弘人とのあいだに血の繋《つな》がりはありません。わたしは養子なんです」

「養子……」

他種族の血を宿す者を養子に迎えていたとは驚きだが、これで総介と弘人がまったく似ていないことに納得がいった。

なにやら深刻な話になりつつあるのを感じながらも、『はだか屋』で助けてもらった心安さがあったし、弘人も総介に関してとくになにも言っていなかったので美咲は会話を続けた。

「総介さんは、いずれここのあとを継いで、院長になるのよね？」

「ええ。しかしここは古いので、もうじき別な場所に移転する予定です」

「そうなの？」

「都心から離れるので反対する者も多いのですがね」

総介は少し苦笑して言った。

養子ということは、彼のほんとうの両親はどうなったのだろう。

美咲がなんとなく疑問に思っていると、総介のほうからその答えを話してきた。

「わたしの実の父は狗神で、〈御所《ごしょ》〉で医務官を務めていましたが、謀反《むほん》の罪で高野山《こうやさん》に入れられ、公開処刑されました」

「謀反って……」

とつぜん不穏《ふおん》な言葉が出てきて、美咲は身を硬くした。

公開処刑というと、見せしめのために高野山でおこなわれる四つ裂きの刑のことである。これまでは遠い世界の出来事だったが、いざ直接関《かか》わった人の口から話を聞くと鳥肌がたった。

「弘人の二番目の兄の征人《まさひと》は、神効を体得できずに亡くなりました。正確には、初めて雷神を降ろした直後に意識を失い、その後、目を覚ますことができずに眠りに入った。当時医務官だったわたしの父は、彼の意識回復に尽力《じんりょく》するふりをして逆効果の薬物を施《ほどこ》しました。父は医務官として高野山にも出入りしていましたが、そこで崇徳上皇《すとくじょうこう》と通じ、本家の子息暗殺計画に加《か》担《たん》していたのです。征人はそのまま目を開けることなく、七日後に息を引き取りました」

その後、罪が発覚し、総介の父は公開処刑になったのだという。

「謀反をはたらいた男の息子が橘の分家の養子になるなんて妙でしょう？　しかし父を告発したのはわたしだから問題はなかったのです」

「えっ、総介さんが？」

「ええ。わたしが父の罪を橘屋に暴いた――そのおかげで、わたしは周りから白い目で見られることもなく医務官の職を引き継いで今日に至ります」

「そうなの……？　お父さんには、ほんとうに反橘屋感情があったのですか？」

　信じられない思いで美咲は問う。

「ええ。わたしも父本人の口から打ち明けられたときは心底驚きました。うちの家系は代々〈御所〉に医務官として仕《つか》え、橘家には世話になってきた。にもかかわらずその恩を仇《あだ》で返すようなマネをする父が理解できませんでした。そして強かったはずの征人が日に日に弱ってゆく姿を見るうちに、わたしは尊敬していたはずの父の愚行《ぐこう》が許せなくなった。それで征人の死と前後して橘屋の吟味方《ぎんみがた》に父を売ったのです」

　その後、父の高野山行きが決まったとき、幼い頃から父と行動をともにして妖怪相手の医術を身につけていた総介は、お上《かみ》にその腕を買われ、子のいなかった分家の橘夫妻にもらわれてゆくことになったのだという。

「本家の子息が神効を体得し損《そこ》なったとなれば橘屋の名折れとなる。だから父の謀反は、橘屋にとってはある意味都合がよかったともいえる。征人の失敗を、父のせいにすることができたからです。征人が本当は助かったのかどうかは、いまとなっては確かめようもありませんが、ともすると父自身も、橘屋の面目《めんぼく》を保ちたかったために罪をはたらいたのかもしれないですね」

総介は遠くガラスの向こうの町並みに目をやって静かに言った。

「橘屋のために、自分が罪をかぶったというの……？」

一気にいろいろなことを聞かされて、美咲は頭がこんがらかりそうになった。

たしかに征人が神効を首尾《しゅび》よく授かって寝こむようなことがなければ事件は起きてはいないだろうし、征人の不名誉は、総介の父の謀反によって確実に打ち消されている。

（でも、しっかり治療していれば、お兄さんは助かったかもしれないわけで……）

どう捉《とら》えたらよいのかわからない複雑な感慨《かんがい》が美咲の胸に満ちる。

「どっちにしても総介さんはつらかったですよね、実のお父さんを告発するなんて」

美咲は総介の眼鏡越しの瞳を見つめてたずねた。

「ええ。ですが、罪は罪です。わたしは父のしたことを償《つぐな》うつもりで、誠心をつくして両方の世界の医療に従事しています」

総介は煙草をひと吸いしてから話題を変えた。

「弘人はいま、きみのところにいるとか。きみたちは許嫁《いいなずけ》同士なのでしたっけ？」

「大学がこっちなので、通うのに都合がいいから下宿しているだけです。酉《とり》ノ区界《くかい》に崇徳上皇に関する悪い噂があるみたいで、それを探るのも兼ねているみたい。でも、許嫁というわけではありません。ほかに婿入《むこい》り先の候補があるんです。あたしは半妖怪だから高子《たかこ》様にも反対されてるし」

高子とのこと思い出すと、いつも鼻の奥がつんとする。彼女から言われたことに関しては、まだなにも解決していない。

「そうですか、高子様も厳しい方ですからね。しかし、嫌いな女のもとにわざわざ身をよせるわけがない。弘人は、白菊《しらぎく》のことはもう忘れたようだ」

その名を耳にして、どきりと美咲の鼓動《こどう》がはねた。

「白菊って、なくなった三番目のお兄さんのお側女《そばめ》だったという人のことですよね？」

「ええ」

まさか、こんなところでその名を聞くことになるとは思わなかった。

「ヒロは、その人に惹《ひ》かれていた……？」

美咲は少しどきどきしながらたずねた。

「ええ。彼が白菊に懸想《けそう》していたことは〈御所〉のだれもが知っています」

だれの眼《め》にもわかるくらいあからさまな態度だったということになる。

「どんな人だったんですか？」

美咲は訊《き》かずにはいられなかった。

「きれいな女でしたよ。くわしく知りたければ、彼女の妹を訪ねるといい。弘人の側女をしている綺蓉《きよう》という女です」

総介は、煙草の灰をいったん観葉植物の鉢《はち》に落としてから訊き返してきた。

「きみのほうは弘人をどう思っているのです？　男としてではなく、鵺という種族に対して」

意外な質問だと美咲は思った。

「鵺は……怖いわ。あたし、雷苦手だし。……ヒロが変化《へんげ》したところを見たときは、きれいだけど、怖かった。見ているだけで魂《たましい》を食べられてしまいそうな、そんな感じだったわ」

「そうですね。あいつともし夫婦になるのだとしても、あまり深入りしないほうがいい」

「深入りって……」

「気心の知れた同居人程度にとどめておけということです」

総介は目を優しげに細めて言う。

「どういう意味ですか？」

「弘人のすべてを知ったら、現し世で生まれ育った半妖怪のきみにはおそらく耐えられない。……ああ、ヒトでも似たようなことを言われていますけどね。結婚前は両目で、結婚後は片目で相手を見ろと。けれどももしほんとうに彼を伴侶《はんりょ》として共に生きていくつもりなら、きみははじめから最後まで、彼を片目で見ているべきです」

いきなり水をさすようなことを告げられて、美咲は戸惑《とまど》いをおぼえた。

これまでに何人いただろう。ヒトと妖怪の違いを論《あげつら》って、警告を与えてくる人たち。美咲の胸で、不安に似た重苦しいものがじわじわとかさを増してゆく。

みんな、自分と弘人を引き離そうとする。ずっと、一緒にいたいと思うのに――。

総介は、一拍《いっぱく》おいてからたずねてきた。

「弘人はあいかわらず酒を飲みますか」

「ええ。飲むわ。このまえ酔っ払って朝帰りして、とっても行儀《ぎょうぎ》が悪かったんですよ」

美咲はちょっと苦笑してみせた。

「困った人ですね。でも、きみはそれを許して受け入れている？」

「それは……、怒ってもはじまらないっていうか、なんていうか……」

たとえ酔っ払っていても、弘人の腕に抱きしめられれば少しは嬉しい。もうすっかりと覚えてしまったあの抱かれ心地。彼の温《ぬく》もりに包まれるのは、やっぱり幸せなのだ。

「うまく手なずけられたものだ。彼は、妖怪としての本能を、できるだけきみから隠して暮らしているのでしょうね。たとえ殺生《せっしょう》をしても、血に汚れた着物を脱ぎ捨ててきみのもとに帰ってくるはずだ。きみが眠っている間に、朱《あけ》に染まって裏町にうち捨てられた御召《おめし》が何着あることか」

「そんな……」

美咲が咎《とが》めるように言うと、総介は薄く笑みを浮かべて続けた。

「彼が深酒をするのは、妖獣の本能を忘れて現し世に帰りたいからですよ。霊酒で血の匂いをすっかりと消し去って、そ知らぬ顔できみを抱くために――」

美咲は絶句し、信じられない思いで総介を見る。それと同時に、背筋に冷たいものが走る。

自分を抱きしめてくれるあの右手と左手は、いつも血に汚れていたというのか。

「怖いですか？　自然界のすべての謎が解けない限り、人間はわたしたちの生態系を、図式や数字にすることはできない。ヒトと妖怪は別の生き物なんです」

完全にわかり合うことなど不可能なのだと総介は言う。

劫《めぐる》にも問われたことがある。彼は殺生をしてはいないか。おまえは裏町の暗い部分から目をそらしているのではないか、と。

あのとき、美咲はまともに答えられなかった。それまで、考えもしないことだったから。

しかし考えないということが、結局は現実から目をそらしているということになるのかもしれない。

「悪さをする妖怪を懲《こ》らしめるのは橘屋の仕事だから、そのために血が流れるのは仕方がないわ。もしヒロがなにか残酷な仕打ちをしていて、そのことをあたしに隠しているのだとしても、責める気はない。ほんとうは、嘘《うそ》や隠し事は嫌いだけど……」

毅然《きぜん》と言ったつもりだったが、動揺を隠し切れず、声がかすかに震えた。

弘人が裏町で本当はなにをしているのかなんて、いまも自分にはわからない。出かけるとき

に着ていた物が変わっていたことも、そういえばあったような気がしないでもない。

けれど、弘人が自分の知らぬところで残虐《ざんぎゃく》行為をはたらき、暴れて愉《たの》しんでいるなどとは絶対に思いたくない。

「あたしにだって、獣《けもの》の血は流れているけど、真面目《まじめ》におだやかに暮らしているもの」

美咲は自分を納得させるように敢然《かんぜん》と言う。

「そうでしたね。じゃあここでひとつ見せてください。きみの獣の血とやらを」

「え？」

「どうですか。今晩、そのへんの飼い犬でも襲って、生血を啜《すす》りましょうか」

話がまるで通じていない。

妖《あや》しくゆれる総介の面《おもて》から、美咲は目が離せなくなった。いつのまにか、会話が剣呑《けんのん》なものになっている。やわらかな物腰ははじめと変わらないのに、ただ会話の内容だけが――。

「現し世での無益な殺生は、取締りの対象になるから……」

美咲はかすれた声で弱々しく返す。

「冗談ですよ」

総介は口端《くちは》で笑った。

それきり口を閉ざすと、窓のそとに目を移して、深く味わうように煙草を吸う。

ゆったりと吐き出された煙から、ふたたび甘く妖しい香りがたちのぼる。

会話が途切れると、あたりはしんと静まり返った。

霊酒の匂いとひと気《け》がないせいで、美咲はこのロビーの空間だけが、まるで裏町に繋《つな》がってしまっているような錯覚《さっかく》を抱いた。

「あなたは妖気を解放すると、どっちの姿になるの……？」

ふと、そんな疑問がわいて、無意識のうちに美咲はたずねていた。ふたつの妖怪のあいだにできた子供は、たいていどちらかの姿かたちを受け継いで生まれてくるものである。

すると総介の眼が、ふたたびひたと美咲にあてられた。切れ長の、理知的な眼差《まなざ》し。

「見たいですか？」

視線を絡《から》めたまま、静かに問い返される。口元に、かすかに笑みを浮かべている。

美咲は本能的に危機感を覚えて、思わず目をそらした。

「……いいえ」

窓の外に広がる駐車場に目を向けたまま、小さく答える。

なんなのだろう。会話を交《か》わすまえとあとでは、総介の印象はがらりと変わってしまった。医師で、橘屋の身内であるという絶対の信頼が、いまや大きくゆらいでいる。この男の実父が謀反人《むほんにん》であったということが影響しているせいかもしれない。

と、そのとき。

「ご苦労様」

弘人の声がして、ふたりは振り返った。いつのまにか、弘人が病室から出てきていた。

「おひさしぶり」

総介がにこやかに返した。

「兄貴が意外と元気だったんで拍子抜《ひょうしぬ》けした」

「ええ、大事にいたらなくてよかった」

「こいつのことも、世話になったな」

弘人が美咲を目で示し、とくに感情のこもらない淡々とした声で礼を言った。

「いいえ。たまたまあの場に居合わせたので」

総介は返した。

「帰ろう」

弘人が美咲の右腕を摑《つか》んで促《うなが》した。

「え？　お兄さんは、もういいの？」

「ああ、いいよ」

総介とも、もう少し話さなくてよいのだろうか。従兄弟《いとこ》同士なのに、どちらかというとよそよそしい感じが漂う。

「おだいじに。傷の経過はまた後日教えてくださいよ。半妖怪であるきみの治癒力《ちゆりょく》が、どんなものなのか知りたい。……今後の参考にね」

総介に言われ、美咲はあいまいに頷いてみせた。弘人は無言のままだった。

総介はかすかに笑みをうかべ、吐き出した煙草の煙ごしに、弘人に引かれて去っていく美咲の後ろ姿をじっと見ていた。

待っていたエレベーターの中に、その姿が完全に消えるまで。


エレベーターの中に入ると、弘人はすぐに美咲の腕をはなした。

「総介と、なに話してた？」

さりげなく訊かれたので、美咲は思わずさきほどの警告じみた会話を話しそうになったが、弘人本人を前に軽々しく口にするようなこととも思えずとっさに言葉を選んだ。

「べつに、この前のお礼を言っただけよ。あたしが半妖怪だから、興味があるみたい。自分も、狗神と鵺のあいだに生まれた身だからって。純種じゃない妖怪って、めずらしいわよね。自分は養子で、ヒロとは血が繋がっていないんだってことも教えてくれたわ」

「ああ」

「従兄弟同士なのに似てないと思った」

「あいつは、いろいろと複雑なんだ。医術の腕は立つんだけど」

美咲は少し迷ってから切り出した。

「複雑って、彼のお父さんの謀叉のこと？」

「そんなことまで聞いたのか」

弘人は一瞬驚いた顔をした。が、否定はしなかった。総介の言ったことは、事実だったようだ。

一階に着いて、ふたりはエレベーターを出た。

病院を出ると、弘人はすぐにタクシーを拾った。

車中で、ふたりは互いにひとことも口をきかなかった。

弘人にしてみれば、総介はしょせん兄を殺した罪人の息子でしかない。

（征人さんはもしかしたら助かったかもしれないのに——）

そう考えると、ふたりの間の空気が気まずくても不思議ではないのかもしれない。

知らなくてもよいものを知ってしまった気がして、美咲のなかに冷え冷えとしたものが広がった。


「美咲《みさき》——っ」

家の軒先に着いたとき、ちょうど二人のあとを追うようにして劫《めぐる》がやってきた。

バイトの最中だったようで、身軽そうな痩軀《そうく》は橘屋《たちばなや》のお仕着せに包まれている。

「なんでこいつが美咲んちに帰ってくんの」

劫が、玄関で履物《はきもの》をぬいでいる弘人《ひろと》を見て、人懐《ひとなつ》っこい顔を不機嫌《ふきげん》そうに歪《ゆが》める。

「かくかくしかじかで同居することになりました」

美咲は通学と敵情視察のためだという理由を簡単に説明した。

「おまえっ、店のやつから聞いたんだけどほかに婚約者がいるらしいじゃないか。そんなんでよくほかの女のもとで暮らせるな」

劫が真っ向から弘人を睨《にら》みつけて言う。

「正式に決まった相手じゃない。おまえにとやかく言われる筋合いはない」

「どっちにしても若い未婚の男女が一つ屋根の下に暮らすなんて間違ってると思うぞ、ぼくは」

劫は腕組みしながら納得のゆかぬ口ぶりで言う。

「寝床は別棟《べつむね》だから安心しろ」

弘人は劫に背をむけると、さっさと縁をゆきながら返す。

「でもその気になればいつでも夜這《よば》いをかけられる距離にいるわけだろ？」

劫はその後を追う。

「おまえのために否定はしないでおくよ」

「ええっ……！」

弘人が言い捨てた言葉に美咲は仰天《ぎょうてん》した。

「だめだ、美咲。あんなやつ、手籠《てご》めにされるまえにはやく追い出したほうがいいよ」

劫が美咲と縁を歩きながら鼻息を荒くして言う。

「えっと……」

朝の態度を見ているとあながち否定もできない。

するとと弘人が不遜《ふそん》な顔で美咲を見下ろしながら言った。

「修行でおまえがおれに勝てたら、いつでも荷物まとめて出ていってやるよ」

「うー、そんな日、一生かかっても来ないじゃない……」

夜這いは冗談として、あのつらい修行がしばらく続くのかと思うと美咲は少しばかり憂鬱《ゆううつ》になった。

「ところでおまえこそどうして家の中に上がりこんでるんだ?」

ちゃっかりと居間まで入ってきた劫を見て、弘人が問う。

「ああ、ハツさんに届け物。裏町からの郵便らしいよ」

ほら、と劫は美咲に封書を手渡した。

「ありがとう」

白い和紙で作られたものだった。勢いのある毛筆《もうひつ》でハツ殿と宛名《あてな》が書かれているが、差出人の名はない。

「おまえ、仕事中じゃないの？」

弘人は座卓のそばに腰を下ろしながら劫に言った。

「もう上がったよ」

「じゃあ、お茶でも淹《い》れてあげる」

美咲は台所のほうへ向かい、湯呑《ゆのみ》や急須《きゅうす》を出しはじめた。

「で、その後、走らずにうまく妖狐《ようこ》に変化《へんげ》できてるの？　美咲は」

弘人の向かいに座った劫が、座卓に頬杖《ほおづえ》をつきながら美咲の背中に問いかける。

「聞いてないな、そんな話」

弘人がぴくりと片眉《かたまゆ》をあげた。

美咲は半妖怪であるためか、ついこの前まで、全力で走ったときにしか妖狐の姿になれない、つまり変化の力を制御《せいぎょ》することができなかったのだが、劫と地下に監禁された事件をきっかけに変化のコツをつかんで、走らずとも狐《きつね》の姿になることが可能になったのだった。

「あ、ごめん。これってふたりだけの秘密だった？」

劫が思わせぶりに言ってにやりと笑う。

「おい、美咲。加速なしで変化ができるならいまここでしてみろよ」

弘人が憮然《ぶぜん》として言った。

「えっ」

美英はお茶を淹れていた手を思わず止めた。

「おれって、そういえばおまえの妖狐の姿を見たことがないんだよな」

「そうだっけ？」

言われてみれば、弘人の前で妖狐になったことはない。人型でも破魔の力を使えるようになった今となっては、敵を追うか、逃げるかの時くらいしか妖狐になる機会などないのだが。

「なんだ、その程度の仲だったの、きみたち」

劫が得意そうに言う。

「早く見せろ」

弘人は緑茶を運んできた美咲に命ずる。自分だけが目にしていないのが気に食わないといった態《てい》。

「ええと」

美咲はぺたりと畳《たたみ》に座りこんだ。妖狐に変化、妖狐に変化、妖狐に……。目を閉じて念じてみるがうまくはいかない。実はあれからひとりで練習もした。そのときはちゃんと意のままに姿を変えることができたのに。

「で……できない。どうしてかな」

美咲はろくに集中できていないのを自覚しながらぼやく。

「なんだよ。見られると恥ずかしいとかか？」

「そ、そういうこと言われるとよけいに意識してやりにくくなるじゃない！」

まさに、その弘人の視線が問題なのだった。妙に集中して見つめてくるからどきどきしてしまう。まるで裸でも見せるかのような――。実際、素の姿をさらすわけなので、感覚としては裸に近いものがある。

「頭にのせるものがなにか必要なんじゃない？　あのときは隠《かく》り世《よ》の花だったけど」

劫が思い出したように言う。

「じゃあおまえの六十五点の数学のテストでものせてやってみるか」

弘人がさらりと提案する。

「なんで点数知ってるのよ！」

「適当に言ってみただけなんだけど。そんな貧しい点しかとれないのか、おまえ」

「す、数学はとくに苦手なのっ」

美咲は膨《ふく》れ面《つら》で返した。と、そのとき。

「劫さん、なに油売ってんですか、こんなところで」

縁側から雁木小僧《がんぎこぞう》が顔をのぞかせた。

「あれ、今日ってぼくはもう上がりだろ」

「だめっすよ。今日は轆轤首《ろくろくび》の卯月《うづき》が江《え》ノ島詣《しまもうで》に出かけちまっていないんです。代わりにもう少し働いてください」

「えー、そういえばそんなこと言ってたな」

劫は億劫《おっくう》そうに舌を出してしぶしぶ立ち上がった。

「やっぱサボりだったか」

弘人が店に戻る劫のうしろ姿を見て、あきれたようにかぶりをふる。

ふたりきりになった美咲は、湯呑を手で包んだまま、少しためらいながらも気になっていたことを切りだした。

「ねえ、さっき劫にははぐらかしてたけど、ヒロは静花《しずか》さんのことどう思ってるの？」

「どうって？」

唐突に名前を出したためか、弘人はけげんそうに訊《き》き返してきた。

「彼女は……、その、婚約者候補じゃない。ずっと昔からそういう話があったんでしょ」

たしか六つのときからあったのだと静花は言っていた。

「だれに聞いたんだ、そんな話？」

「おばあちゃんや、それから静花さん本人からよ。どうして言ってくれなかったの？」

「どうしてって。わざわざ聞かれもしないのに、言う必要ないだろ」

「そうだけど。あたし、ぜんぜん知らなくて……」

おかげでハツのお膳立《ぜんだ》てを真《ま》に受けて、いずれ弘人と一緒になることになるのかもしれないと勝手に妄想《もうそう》をふくらませていた。

ハツは、美咲が高子《たかこ》から面と向かって苦い警告をされたことを知らない。いまも弘人が今野《こんの》家《け》に婿入《むこい》りするものだと期待しているのに違いない。

「あ、それと、ヒロはあたしのことは名前で呼び捨てにするのに、静花さんのことはどうして苗字《みようじ》で呼ぶの？」

「ああ、おまえを名前で呼ぶのは『愛情をこめて名前で呼んでくれ』と以前、ハツさんに頭をさげられているからだよ」

「ええっ。そんなはずかしいこと頼んでたの、おばあちゃん……」

美咲は目をまるくする。

ハツのすることは相変わらずである。そしてそれに素直に従ってしまう弘人も。

しかし、名を呼んでもらえるのは心の距離が近い感じがして嬉《うれ》しいことだとは思う。

「藤堂《とうどう》はなあ……あいつに必要なのはおれじゃないんだよ」

弘人は意外にもそんなことを言い出した。

「どういうこと？」

「いつも彼女のそばにくっついてる男がいるだろ」

「あ、榊《さかき》さん？」

「あの人は藤堂とおなじ貘《ばく》の一族の出なんだが、もともと藤堂社長の第一秘書をしていたんだ。藤堂がわがままを言って運転手兼付き人に指名したからああしてそばにいるだけで」

「へえ。静花パパは娘に極甘《ごくあま》なのね。それで、ヒロは静花さんがその榊さんのことを好きだと思うの?」

「ああ。ああやっていつも一緒にいると案外気づけないもんだけどな」

「でも静花さん、どう見てもヒロのこと好きって感じだけど」

「おまえ、おれがあいつと結ばれるのを期待してるのか?」

弘人はひたと美咲に目をあてる。

「え、えっと……」

むしろそうならないことを祈ってたずねていたりするのだが、そういう自分がなんだかいやな女に思えて美咲は口をつぐんだ。

「根がまじめなやつだから、親がお膳立《ぜんだ》てした相手に惚《ほ》れていると思いこんでいるんだろうな。仕事の相性はいいし、おれも嫌いじゃないよ、あいつ」

まるで友達のことを話すような口ぶりである。

それきり、弘人はどうでもよさそうに黙りこんだ。手元にあった朝刊に手をのばしたりして、頭の中ではもうほかことを考えている様子なのだった。

弘人はいったいだれを想っているのだろう。美咲はいまのこの宙ぶらりんの関係がなんとなく落ち着かなくて、なにもかもはっきりさせたい衝動にかられた。

これまでの静花に対する態度やいまの発言からして、どうやら弘人は彼女に特別な感情はなさそうだ。となると、代わって脳裏に浮かぶのは、白菊《しらぎく》という亡くなった側女《そばめ》の存在である。

「ねえ、あたしこれから〈御所《ごしょ》〉に行ってくる。ちょっと閻魔帳《えんまちょう》で調べたいことがあるの。この前の『はだか屋』で見た黒狗《くろいぬ》のことで」

美咲は胸がもやもやした状態のまま告げた。病院を出たときから考えていた。

閻魔帳とは、妖怪たちが過去に起こした事件や、その罪科を記してある帳面のことである。調べたいのは黒狗についてよりもむしろ弘人の過去なのだが、本人には秘密にしておきたかった。

「おれも久々に帰るかな」

弘人がひと思案《しあん》してから言う。

「いい。ひとりで行くわ。高子様にあたしたちが一緒のところを見られたりしたらまずそうだし」

「そうか？」

「そうよ。だから、いいの。ひとりで行ってくる」

総介《そうすけ》がすすめてくれたように、綺蓉《きよう》という弘人の側女から話を聞いてみるつもりだった。

〈御所〉といっても広いので、ばったり高子に会う確率は低そうだが、綺蓉に会って白菊のことを聞き出したいのに弘人がそばにいては困る。

美咲は弘人に別れを告げて、そそくさと家を出た。

真の恋敵《こいがたき》は静花ではなく、白菊という過去の女《ひと》なのかもしれない。

3

〈御所《ごしょ》〉に着くと、美咲《みさき》は女官をつかまえてすぐに綺蓉《きよう》の居場所をたずねた。

綺蓉は弘人《ひろと》が今野家《こんのけ》に下宿しているため、本来ならば暇《ひま》を出されるところなのだが、お上《かみ》のはからいで彼の本妻のもとに仕《つか》えているのだという。

女官の案内で客殿の一間に通された美咲は、やや緊張して綺蓉を待った。

自分の中に、綺蓉をうらやむ気持ちがあるのは確かだった。

きっと彼女は宝物のように大切にされている。好きだった白菊《しらぎく》の血を分けた妹なのだから、弘人が大切に思うのは当然だ。それでなくとも、弘人はそばで自分の世話をしてくれる相手を邪険《じゃけん》に扱うような男ではない。

〈御所〉でほんの短い会話を交《か》わす彼らを見たが、そういえば信頼のおけるもの同士の阿吽《あうん》の呼吸みたいなものがあったような気がする。

弘人の子供を産む役目まで与えられているという存在――。

美咲は重苦しい胸を押さえた。白菊のことをたずねつつも、いまの綺蓉と弘人の関係も明らかにしたいと思う自分がいる。

彼が彼女の細い体を抱きしめるのかもしれないと思うと、身を切られるような思いがした。

あのぬくもりを、優しさをだれにも渡したくないと思う。

（あたし、ほんとうに好きなんだ。ヒロのこと）

美咲はなんだか自分が怖くなった。

ちょっとだけ夢中になっている程度だと思っていた。あきらめようと思えば、どうにかあきらめがつく、引きかえすことなんて案外簡単にできる、まだほんの恋の始まりだと。

でも違った。いつの間《ま》にか深く根づいて、もう、戻れないところまできていた。こんなにも強く醜《みにく》い嫉妬《しっと》を覚えるほどに――。

「お待たせいたしました。お久しぶりでございます、美咲様」

淡い黄色に小花の散った小袖《こそで》に身を包んだ綺蓉が現れ、襖《ふすま》の手前で手をついて深々と頭を下げた。

美咲ははっと顔を上げた。

綺蓉はしずしずと部屋の中に入ってくると、畳《たたみ》一枚ほど隔《へだ》てて美咲の前に座った。

目鼻立ちはきっちりと整い、しとやかな印象の娘である。腰の低さは以前〈御所〉で世話になったときと変わらない。

「お久しぶりです。ごめんなさい、急に訪ねてきたりして」

美咲は緊張したまま、笑みを浮かべた。

「いいえ。ちょうど暇な時間帯ですので。弘人様はお元気ですか？」

「ええ。裏町《こっち》によく出かけていきます」

「崇徳上皇《すとくじょうこう》の息のかかった反橘屋分子《はんたちばなやぶんし》が酉《とり》ノ区《く》界《かい》に多くひそんでいるようで。その者たちの動向を探るために動いていらっしゃるのだと思います」

綺蓉はしっとりと落ち着いた声音《こわね》で話す。さすがに弘人に仕えていただけあって、彼の事情を把握《はあく》している。

「あの、綺蓉さんにはお姉さんがいたんですよね」

美咲は単刀直入《たんとうちょくにゅう》に切り出した。

「はい。三年前に亡くなりましたが、わたくしのふたつ上に、白菊という名の姉がひとりおりました」

「ヒロの三番目のお兄さんのお側女《そばめ》だったのよね。ヒロは、その白菊のことが好きだったと聞いたの。ほんとうなのですか？」

綺蓉は一瞬、虚をつかれたような顔をして美咲を見た。

美咲はさすがに唐突すぎたかな、と悔《く》やんだ。

「ごめんなさい。ちょっと、それらしいことを聞いたら気になっちゃって……」

弘人のことを知りたくて追及するあまり、自分はいやな女になっているのではないか。そのことが急に気になりだして、美咲は口ごもる。

「いいえ、わたくしのほうこそ失礼いたしました。姉のことに触れるのは久しぶりですので」

はにかんだような笑みを浮かべて綺蓉は戸惑《とまど》いを詫《わ》びた。

「ええ、弘人様はたしかに、姉を慕《した》っておいででした。それはそれはまっすぐひたむきに。そばで見ているわたくしのほうが辛《つろ》うございました。姉は、綾人《あやひと》様と惹《ひ》かれあっておりましたので、弘人様の想《おも》いに応《こた》えることはできなかったのです」

それは初耳だった。綾人というのは三番目の兄の名だが、ふたりが恋仲だったとは……。

現在のお上も、側女である高子とのあいだに子を儲《もう》けている。それが綾人や弘人である。毎日顔をつきあわせ、そばで自分の世話をしてくれる女に情が湧《わ》くのは自然なことなのかもしれない。

綺蓉は続けた。

「かつて北嵯峨《きたさが》の山野で修行に明け暮れていた頃、負傷して戻ってきた弘人様が向かうのは、わたくしではなく、姉の白菊のもとでした。あの頃の弘人様は、いまよりももっと若くて、自分の気持ちを包み隠さずすべて相手に訴えかけるような荒々しいところがありました」

めざましく成長して変化を遂《と》げてゆく体や面立《おもだ》ちに反して、心は子供の身勝手さを多分に残しているといったふう。白菊は綾人に仕える女だったが、それに対する遠慮などは一切なかったという。

「弘人様が嵯峨から戻るついでに摘《つ》んできた花を、姉にわたすのを見かけたことがあります。

弘人様の手が、姉の髪に花を挿《さ》していた。姉は美しかった。優しく微笑《ほほえ》む姉に、弘人様は魂《たましい》を奪われたように見とれておりました。あの時わたくしは気づいたのです。弘人様が、本気で姉を想っていることに……」

白菊のほうも、弟思いの綾人に倣《なら》って、ふだんから弘人のことを大変よく可愛《かわい》がったという。

綺蓉は目を伏せて言った。

弘人は白菊しか見ていなかった。自分が弘人しか見ていなかったように——。

美咲はそこではたと綺蓉を見た。

「あなたも、ヒロのことを好きだったの……？」

綺蓉は少し思案《しあん》してから返した。

「わかりません。わたくしたちは、〈御所〉に上がるまえに、お仕えする主《あるじ》には決して逆らわぬようにと厳しく躾《しつ》けられております。身も心も捧《ささ》げろと。ですから、弘人様を慕《した》う気持ちがどこから生じているものなのか、いまでも釈然《しゃくぜん》としないのです」

「身も心も……」

綺蓉の端整な顔は、見ようによっては血の通わない人形のように見えた。長らく自分の感情を押し殺しすぎて、色を失ってしまった感じ。

かつて彼女にあった色とは、どのようなものだったのだろう。

「けれど姉は、まちがいなく綾人様をお慕いしておりました。褥《しとね》をともにしていたのも存じて

おります。まっすぐに綾人様を想う凛《りん》とした姿に、弘人様はお心を奪われたのかもしれません
ね」

　当時をなつかしむように綺蓉は言う。

（褥をともにって、つまりそういう関係だったってことよね……）

　伽《とぎ》の仕事もあるとは聞いていたが、この場合は純粋に愛し合っていたという印象で、美咲は少しばかり赤面《せきめん》した。

「綾人さんは、どんな方だったのですか？」

「綾人様は、面差《おもざ》しはお上に似て、心根のお優しい繊細なお方でした。いささか神経が細すぎるくらいで。有望視されていた次男の征人《まさひと》様さえお亡くなりになった例もあって、綾人様が神《しん》効《こう》を体得するのは難しいのではないかと囁《ささや》く声もあったのです。姉はそれでも必ずや成功するのだと信じて、陰ながら綾人様を支えておりましたが、やはり雷神の強大な力に身が持ち堪《こた》えられず、はじめて神効降ろしをした日から三日間、意識の戻らぬ状態が続きました」

「二番目のお兄さんも、たしかそうやって意識をなくしたまま亡くなってしまわれたのよね？」

　今朝、病院で会った総介《そうすけ》からその話を聞いたばかりである。彼の場合は謀反《むほん》による暗殺が絡《から》んでいたようだが。

「はい。神効を体得できない鵺《ぬえ》は、体に呼び込んだ雷神の力に打ち克《か》つことができず、魂を焼

きつくされてしまうからなのだといわれております。姉は日夜祈り続けましたが、綾人様もついに目を開けることはございませんでした」

「ヒロも、最初はそんなふうに寝こんだりしていたのですか？」

「いいえ。弘人様は、御長男の鴇人《ときひと》様のときと同様に、意識を失うようなことはございませんでした。ただ体にかかる負担《ふたん》はやはり重かったようで、お休みになる時間がふだんより多少長びきました。それは今もお変わりありません」

そういえば、春先に『高天原《たかまがはら》』の一件が片づいた日の翌朝も、弘人は珍しくなかなか起きてこなかった。あれだけの強い妖気と雷光を一気に発散させるのだから、体には相当な負担がかかるのだろう。

「弘人様が神効を体得なされたのは十六のとき。綾人様が亡くなられた翌年の夏でございます。姉はそれを待つようにして身投げいたしました」

「待つようにして？」

「はい。綾人様はもし自分がはかなくなった場合、自分の代わりにそばにいて弟を支えてやれと姉に言い遺《のこ》しておられました。それでも姉は、愛する綾人様の不在に耐え切れず、弘人様が無事に神効を体得するのを見届けてから身投げをしてしまったのです……」

自分の代わりというよりも、白菊がいないと弘人が悲しむ——そう考えた、兄のはからいだったのではないか、と美咲は思う。

綺季は続けた。

「姉の死は、弘人様を苦しめることになりました。自分が雷神を呼べなければ、白菊は生きていたかもしれない。そもそも、白菊を振り向かせることができていれば、彼女を死なせずにすんだのではないかと。ですから弘人様は、姉の死に責任を感じて、あの夏からずっとご自分を責めていらっしゃるのです……」

白菊をみすみす死なせてしまった。彼女を絶望の淵《ふち》から救いきれなかった、その無力さを。

「そうだったの。あたし、なんにも知らなかった」

兄を亡くした話を弘人としたのはたしか御魂祭《みたまきい》の夜だった。あのとき彼の瞳《ひとみ》の中にゆれていたもの。それは、兄の死と絡《から》んだ白菊の死に対する心の痛みであったのかもしれない。

「本家の男子は大変ですね。雷神を呼ぶために、命をかけなくちゃならないんだから……」

消えたふたつの兄の命を、そして白菊の死を思って美咲は胸のつまる思いがした。

「ええ。ですが、雷神の神効は、この隠り世《かくよ》に必要な抑止力《よくしりよく》です。鵺と同等、あるいはそれよりも力を持っている妖怪《ようりき》がいないわけではありません。天狗《てんぐ》や鬼族の一部、たとえば酒天童子《しゆてんどうじ》なども、ひとたび妖力を解放すればとてつもない力を発揮します」

「あ、酒天童子なら知っています。お酒飲んで遊んでいるイメージしかないけど」

「それは、たまたまあなた様が彼の敵ではなかったからです。彼の一声で何百もの鬼がすぐさま集まり一大勢力となる、いわば鬼族の頭領です。決して敵にまわしてよい相手ではありません」

「そうなの……」

「彼らのように部族を従えて覇権《はけん》を握っている者たちと橘屋の間には、暗黙の了解で和睦《わぼく》が成り立っている。雷神の力は偉大で、逆《と》らえば神効が下る。そのことが脅威《きょうい》となっています。だから本家に生まれ落ちた男子が命を賭してそれを体得するのです。逆に言えば、それがなくなれば、橘屋そのものの体系が崩れて分店の主《あるじ》や技術集団は烏合《うごう》の衆《しゅう》になりさがり、裏町の秩序《ちつじょ》が崩壊してしまうということです」

美咲は、弘人が背負っているものの大きさをあらためて思い知り、細くため息をついた。

庭先で、鳥がギャッギャッと奇妙な声で鳴いている。裏町によくいるものだ。ここで高子と対面した朝も、あの鳥が同じようにさえずっていた。

「高子様は、その後、なにか仰《おつしや》っていますか？」

美咲はなんとなく気になってたずねてみた。

高子の話題が出ると、綺蓉の面《おもて》に美咲をいたわるような慈愛《じあい》の色が浮かんだ。

「美咲様には、なにか辛辣《しんらつ》なことを仰ったそうですね……。弘人様が気にかけておられました」

「あたしがしっかりしてないからいけないの」

美咲はなんだか情けなくなって、やや苦笑《ようしや》してみせた。

「ええ、けれど、高子様はほんとうに容赦のないお方ですから。……あの方は、綾人様が亡くなられたとき、彼が神効を体得し損ねたのは、側女との色恋に現《うつつ》を抜かしていたからだと言って姉を責めました」

「そんな……」

「ですが高子様は、綾人様のお母上であり、お上の側女としての役割も十分すぎるほどに果たしてこられたお方。それを言うことのできる立場でもあります」

綺蓉は、姉が責められるのは道理にかなったことでもあるのだと冷静に言う。

美咲は口をつぐんだ。たしかに同じ側女でありながら、その責務をまっとうしてきた高子になら、白菊を責める権利はあったのかもしれない。

「弘人様が高子様のことを避けるようになられたのはその頃からです。姉が高子様の厳しいお言葉に苛《さいな》まれていたのは事実で、そんなふうに姉を苦しめる高子様を、弘人様は許せなかったのでしょう。そしていまは、同じように高子様によって傷つけられたあなた様を庇《かば》いたくて、西ノ区に留《とど》まることを選んだのではないかとわたくしは思っております」

綺蓉は静かだがおだやかに言った。

そうなのだろうか。弘人が家出同然の状態でうちに来たとき、過去に、母親とのあいだになにかあったのではないかと勘繰《かんぐ》ったものだが、ここまで複雑な事情が横たわっているとは思わなかった。

しかし、いつまでも親子で背を向け合っていてほしくはない。もし自分が高子に認められることで親子のわだかまりが解けるのだとしたら、はやく一人前にならねばと思う。

美咲はふと綺蓉の顔を見た。綺蓉からは敵対心というものがまるで感じられない。彼女は弘人の目をとおして物事を見定め、美咲の立場をとても尊重してくれている。

いまになって、なぜか弘人と綺蓉のあいだにはなにもないのだということが直感的に信じられるのだった。

「あの、ところで、綺蓉はお姉さんのように、その……ヒロと、そういうことも、しているの？」

彼女の口からはっきりとした答えが聞きたくて、美咲はたずねていた。実に立ち入った質問だった。それを口にする自分が信じられなかったが、綺蓉は素直に微笑《ほほえ》んで答えてくれた。

「いいえ、弘人様はお優しいお方。お外で遊ばれることはあるかもしれませんが、わたくしには一切そういったことは強要なさいません」

「そ、そうなの。お外で遊ばれることはあるかもしれないの」

別な事実を発掘してしまい、複雑な思いを抱きながら美咲は口をつぐむ。

「ありがとう、いろいろお話聞かせてくれて」

礼を言いながら、自分に弘人の過去を知る権利など果たしてあったのだろうかと美咲は疑問に思った。優しく対応してくれる綺蓉に甘えてつい話しこんでしまったけれど、そもそも弘人のことをたくさん知ったからといって、彼とどうにかなれるというわけでもない。

（それでも聞かずにはいられなかった……）

美咲はどこか空《むな》しいような、出過ぎたマネをしたものの引っこみもつかない複雑な心地のまま綺蓉に別れを告げ、部屋を辞《じ》した。

4

その夜。

弘人《ひろと》は雨女《あめおんな》と、戌《いぬ》ノ区界《くかい》にあるなじみの深い簡素な一品料理屋にいた。

雨女は、裏町の情報を手広く漁《あさ》って上客に切り売りをしている妖怪である。

知り合いを弔《とむら》った帰りだという彼女は、黒留袖《くろとめそで》を着こんでいつもの色気はおさえ気味だが、肉感的な唇《くちびる》から出る低めの甘い声音《こわね》のせいで婀娜《あだ》っぽさは隠しきれていない。

夕刻から小雨《こさめ》が降り続いているため、ほかに客はいなかった。

カウンター越しに黙々と妖怪料理の腕をふるう一ツ目の板長は雨女と同業者で、口が堅く信頼のおける妖怪である。

「しばらく会わない間に、なんだかきな臭《くさ》いことになってるようね」

雨女がきんと冷えた霊酒《れいしゅ》をそろいの猪口《ちょこ》に注ぎながら言う。

「兄貴のことだろ」

弘人はそれをひと飲みしてから言う。

「情報屋のあいだでは、いまその話題でもちきりよ。猩々《しょうじょう》ごときにみすみすやられるなんて、神効《しんこう》を降ろせないってことを裏づけてるようなものね。彼はそんな雑魚《ざこ》どもにやられるようなヤワな男じゃないと思ってたんだけど」

「おれもそう思ってたが、どうやら買い被《かぶ》っていただけらしい。あの人はもう、ほんとうに雷《らい》神《じん》を呼べないのかもしれない」

猪口を置いた弘人は深刻な表情で、しかしどこか投げやりに言う。

「敵方は反橘屋勢《はんたちばなやぜい》とみて間違いはない？」

「ああ。先週は『はだか屋』でもド派手に暴れてひと悶着《もんちゃく》あったんだ。崇徳上皇《すとくじょうこう》の釈放が近くなってきていっそう勢いづいてる感じだな」

「現し世《うつよ》の小動物の殺しも末端の連中がおもしろがってやっていることのようね。ここから先の情報は課金されるんだけれどもよろしくて？」

雨女がいい情報があることをちらつかせるように、流し目をくれる。

「裏のはあまり持ち合わせがないんで、ふっかけられると現し世《あっち》の金で払うことになるんだけど」

現し世と隠り世《かくよ》では金の形態も相場も異なる。

「あら、若旦那《わかだんな》なら体で払ってくれても全然かまわないのよ」

「いえ、いますぐ両替屋へ走らせていただきますよ、お姐《ねえ》さん」

「ふふ。ツケにしておくから、いいわ。実はね、崇徳上皇の釈放後の根城の目星がついたのよ」

雨女は鯰《なまず》の刺身を板前から受けとりながら口を切った。

「へえ。どこ」

「潮来《いたこ》にある『紫水殿《しすいでん》』」

「潮来……、西ノ区界《とりくかい》の端っこにある水郷《すいごう》か」

「ええ。そこの湖のど真ん中の、日夜ぶっ通しで営業しているバカでかい料理茶屋よ」

「料理茶屋ね。〈帝《みかど》〉は美食家でしたか。……しかし、根城の候補地がおまえの口からはっきり出たのはこれが初めてだな。裏が取れたのか？」

「ええ。そこの女将《おかみ》は前科持ちで、高野山《こうやさん》時代には帝の寵愛《ちょうあい》を受けていたそうよ」

「一気に核心に近づいた感じだな。一度、探りを入れてみよう。大魔縁《だいまえん》の妾《めかけ》なんて、どんな女か見ものだ」

「七日後にはそこで集会があるって噂があるわ」

「悪だくみは湖の真ん中で？」

「七日後といえば午《うま》の日で御魂祭《みたまさい》なのよ」

御魂祭というのは、現し世の霊魂《れいこん》が隠り世に放たれる日のことをさし、現し世では百鬼夜行《ひゃっきやぎょう》の日がこれにあたる。ふたつの世界が繋《つな》がりやすい状態になり妖怪が跋扈《ばっこ》するので、現し世《むこう》では昔、家にこもって静かに過ごす習慣があった。

「そういえば六件目の襲撃もその日だったな」

弘人が思い出して言う。

「六件目？」

「ああ、『はだか屋』の騒動は申《さる》ノ区界の獣型《けものがた》妖怪狙《ねら》いの襲撃事件の延長で、点を線で結ぶと六件目の襲撃予測がつくんだよ。場所は西ノ区界の三ツ目小僧の一族がきりもりしている呉《ご》服店《ふくてん》にあたるんだが」

「偶然かしら。なにかにおうわね」

雨女がかすかに柳眉《りゅうび》を寄せると、板長が無言でフグの炙《あぶ》り物を差し出した。

「これのせい？」

弘人が冗談めかして香ばしく炙られたフグを指さす。

「そんな平和な匂《にお》いじゃないわ」

雨女は鼻で笑う。

「で、その後どうなの、あの妖狐《ようこ》の娘とは。いま、西ノ分店に居候《いそうろう》してるんでしょ」

「あいかわらず耳が早いな」

弘人は苦笑した。

「実は崇徳上皇の情報よりも興味があったりするのよ」

「残念ながら、清く正しく暮らしてるよ」

「へえ、とっくに同衾《どうきん》でよろしくやっているのかと思ったけど、そうでもないのね？」

「つつましい純潔教育を受けてる身なんで」

「どっちが？」

「どっちも」

「おほほほ、どの口が言ってるのかしら、嘘《うそ》くさい」

雨女はそう言って鱠の刺身の皿を引き寄せると、それを弘人が苦手だと知っていて口もとに押しつけた。

「可愛《かわい》がるのはいいけど、あまり大事に抱《かか》えこむと、カモにされるわよ」

「というと？」

しぶしぶ鱠を呑《の》みこんだ弘人が、その意味深《いみしん》な言葉にひっかかりをおぼえて先を促《うなが》す。

「鵺《ぬえ》の足を引っぱりたい連中は腐《くさ》るほどいるの。目をつけられたら悪用されるわ。とくに最近、背中に羽根のある黒い連中が、お上《かみ》に宣戦布告するとかしないとかで油断大敵」

霊酒《れいしゅ》をあおりながら雨女の言葉を咀嚼《そしゃく》した弘人は、猪口を置いてからひたと彼女を見た。

「おまえ、いま、なにかすごいこと言ったよな」

面《おもて》は引き締まり、酔いも一気に醒《さ》めたといった態《てい》。

背中に羽根のある連中とは羽根族——すなわち天狗《てんぐ》のことである。

「天狗が、橘屋《うち》に反旗《はんき》を翻《ひるがえ》すって？」

「いえ、これはまだほんの噂だけれど。天狗は強くてずる賢い連中だわ。はやいとこ自分のものにしておかないと、気づいたらあっちの女になってたりして」

まんざらでもなさそうな口ぶりで雨女が言う。

「そりゃ困るな。きれいなまま手元においておきたいタイプの女なんだけど」

「それってのろけなの？　だとしたら大変不愉快《ふゆかい》だわね」

雨女は笑いながら弘人の猪口に霊酒を注《つ》ぎたした。

第三章　水底の花

1

日曜の昼。

「潮来《いたこ》に行くぞ」

弘人《ひろと》が、台所で昼食の支度《したく》にとりかかろうと冷蔵庫をのぞいている美咲《みさき》に向かって言った。

「潮来？」

美咲は冷蔵庫の戸を閉めた。

「『紫水殿《しすいでん》』という湖に浮かぶ料理茶屋で飯を食う。午前で上がりの店員は？」

「百々目鬼《とどめき》と雁木小僧《がんぎこぞう》と劫《めぐる》かな」

「いつもの面子《メンツ》か。そいつらも連れていこう」

「なにがあるの？」

「さあ。それを調べに行くんだよ。おまえもさっさと着替えて支度しろ。橘屋《たちばなや》ってことがばれないよう制服以外の和装にな」

弘人はそう言って、店員に声をかけるために玄関のほうへ向かう。

潮来は霞ヶ浦《かすみがうら》一帯に広がる低湿地帯で、現し世《うつしよ》でも水郷《すいごう》として名の知れている土地である。渡し屋から道を聞き出し、抜け道を使って三十分ほどでたどり着いた隠り世《かくりよ》側のそこは、心のあらわれるような美しい町だった。

水路に面して屋敷《やしき》が立ち並び、水辺《みずべ》には緑が生《お》い茂《しげ》って、ときおり白や紫《むらさき》の花菖蒲《はなしょうぶ》が涼やかに咲き乱れている。客や荷をのせた木船が水路をゆったりと往来《おうらい》し、水面《みなも》をのぞけば青銀魚《あおぎんぎょ》が群れをなしてゆらゆらと泳いでいる。

『紫水殿』は、その水路の果てにひらけている大きな湖の真ん中にあった。

銅瓦葺《どうがわらぶ》きの三階建てで、極彩色《ごくさいしき》の花鳥《かちょう》が透かし彫りにされた壁面や、ふんだんにあしらわれた錺《かざり》金具が印象的な、豪華《ごうか》絢爛《けんらん》たる楼閣《ろうかく》だった。

「いらっしゃいませ」

渡し舟を降りて中に入ると、女将《おかみ》を真ん中にして一列に並んだ数名の仲居《なかい》たちが、うやうやしく頭を下げて一行を出迎えた。

一人だけ違う色の着物を着たその女将とおぼしき女が面《おもて》を上げたとき、美咲ははっとなった。

顔立ちが目をみはるほどに美しかったばかりではない。彼女の帯締めに括《くく》りつけられていた鈴が、弘人のもとに来ていた八咫烏《やたがらす》についていたものと同じ音を出したからだ。

三つ連なった小さな銀鈴《ぎんれい》。間違いない。

美咲はとっさに弘人を見た。彼の目にはかすかな動揺があった。そして、女将のほうにも同じような色があった。ふたりは互いに驚きを隠せないでいるのだった。

しかしそれはほんの一瞬のことだ。

「五名だ。案内を」

弘人が事務的に言って、先に目をそらした。すると、

「かしこまりました」

女将も表情をあらためて、給仕係の女に指示を出す。

美咲はいやな胸騒《むなさわ》ぎを覚えて胸元を押さえた。このふたりは、自分たちの関係を隠すために、互いをかばいあってそ知らぬ顔をしている。

美咲は案内されて個室に入る直前に、もう一度女将のほうを盗み見た。

そのしとやかな面差《おもざ》しに、既視感《きしかん》があった。昨日、〈御所《ごじよ》〉で会った綺蓉《きよう》にどことなく似ている。眦《めじり》に優しさをたたえているぶん、こちらのほうが少しばかり優しげな印象があるか。

しかし皆のまえで弘人を問いつめるわけにもいかず、美咲はひとまずこの件を胸にしまった。

十二畳《じよう》ほどの個室は板の間に一輪挿《いちりんざ》しがしつらえてあって、隅々まで手入れと演出がゆきと

どいている。

「霊酒《れいしゅ》も頼むかな」

品書きに目をとおしながら弘人が言う。

「昼間っから飲まないで。探りを入れるふりをして、実は飲み食いがしたいだけなんじゃないの？」

美咲は障子《しょうじ》の向こうに聞こえぬよう声をひそめて言う。

「逆だ、飲み食いするふりをして、探りを入れるんだよ。たとえば被害者の体の一部が料理に刻まれて入っていたりしないかどうか、とか」

弘人も声をひそめてもっともそうに返す。

「やめて、なにそれ」

美咲が顔をしかめる。

「裏町じゃよくあることだぞ。一部の妖怪は人間並みに美味《うま》いらしい」

「共食《ともぐ》いの悲劇っすね」

「はあ……」

生々《なまなま》しい会話にいつものごとく食欲が失せる。

「で、こいつはいつまで美咲んちに居座って、酉《とり》ノ区界《くかい》の事件を仕切るつもりなの？」

仲居に品を適当に頼んで料理がくるのを待つあいだ、劫が弘人をあごで示して美咲にたずねた。


「大学を卒業するまで？」

と美咲が伺《うかが》いをたてる。

「修行でおまえがおれに勝てる日が来るまで」

弘人は平然と返す。

「だからそんな日は永遠に来ないじゃないのっ」

「ぼくが代わりにこいつを斬《き》ってやろうか。最近、ハツさんに打刀《うちがたな》をもらったんだ。裏町で使うなら違法にはならないって」

劫にはたしか剣道の経験がある。

「劫くんごときに若様を斬るのは無理よ」

あっさりと百々目鬼が言う。

「そうそう、三本勝負のスポーツ競技と剣術は違う。真剣だと間合いや手の内も変わってくるからおまえの腕なんか通用しない」

弘人がすまして返す。

「ふん、そんなの実際、手合わせしてみなきゃわかんないだろ」

それからにぎやかに他愛《たわい》ない世間話をしているうちに、

「あ、料理きたっすよ」

盆に料理をのせてやってくる仲居を見て雁木小僧が言った。

「なにこれ？」

美咲はぎょっとして出された料理を見る。一見鶏《とり》のから揚《あ》げのようだが、皮にくすんだ緑や黄色などの色が不気味に浮いて見える。おまけになにやらかぎなれない香草《こうそう》の匂《にお》いも漂う。

「五色蛇《ごしきへび》のから揚げっす。おいしいんですよ」

「え、蛇って……」

「おれも食うの初めて」

好奇心旺盛《おうせい》な劫は、奇妙な香りを放つそれを一切れ、勢いよく口に運ぶ。

「うまっ」

「ええっ、劫もそれおいしいと思うの？　あたしだけ置いていかないでよう」

劫は美咲と同じで、現し世生まれの現し世育ちである。食文化の違いで妖怪料理などすんなりと口にできないと思っていたのに。

「気持ちの問題じゃない？　食べてみると案外いけるもんだよ」

「そうそう。とりあえず食ってみろって。蛇は人間もふつうに食ってるぞ」

劫に続いて弘人がすすめる。

「さあ、どうぞ、お嬢さん」

百々目鬼がぷりぷりと弾力のある肉を小さくきれいに切り分けてくれたので、美咲はおそるおそる口に入れてみた。が、鼻に抜ける妙な香草の風味に顔をしかめた。

「……うーん、まずい」

肉の食感そのものは悪くないのだが、風味にいやなクセがあった。香草に問題があるようだ。

「やっぱ人間の舌には合わないいんじゃないっすかね、妖怪料理は」

雁木小僧が察するように言った。

「そういえばおまえ、兎《うさぎ》の肝《きも》とかもちゃんと煮れるの？　ぜんぜん食卓にのぼらないから気になってるんだけど」

弘人が言った。

「ええっ、兎の？」

あんな可愛《かわい》いらしい生き物がどうしても食べ物には結びつかず、美咲は盛大に眉《まゆ》をひそめた。

「なにもおまえの肝を煮ろと言ってるんじゃない。じゃあ、蛙《かえる》の肉料理は？」

「うう、なにそれ。気持ち悪っ」

これまたなじみのない食材である。

「兎や蛙もけっこう人間に食べられてるんですよ、お嬢さん」

百々目鬼が言う。

「ごめん、あたしはムリ……」

いっそう顔をしかめる美咲を見て、弘人はため息をついた。

「わかったよ。人間が食う妥当な料理以外、おまえにはなにも期待できないってことだ」

そう言ってかぶりを振り、やや大げさに肩をすくめる。

「妖怪料理なんて現し世じゃゲテモノ料理以下なんだから仕方ないだろ。ぼくは向こうの料理だけで全然オッケーだよ、美咲。結婚するならこいつはやめてぼくにしとけ」

劫がかばうように言った。

「そんなこと言ってられるのはいまだけっすよ、劫さん。裏稼業《うらかぎょう》をしてると妖力《ようりき》を消費しますから、そのうちこっちのものを食いたくなります」

「そうよ、劫くん、このまえ、松脂《まつやに》ドリンク品出ししてるときおいしそうって言ってたじゃない。そろそろやばいんじゃないの？」

雁木小僧と百々目鬼が口々に言う。

「ぼくはこのまま非常勤で適当にやるからいいよ」

劫は五色蛇のから揚げに箸《はし》をのばしながら朗《ほが》らかに返す。相変わらず無責任な態度がさまになってしまう男である。

「適当にやられちゃ困るな」

弘人は冷ややかに咎《とが》める。

「あ、ちょっとそこのピヨ刺《さし》とってよ、弘人」

劫は雛鳥《ひなどり》の刺身を指さして言う。

「若様を呼び捨てっすか」

雁木小僧が目を剝《む》いた。

「こんなやつ、呼び捨てで十分」

「おれだと感電死させそうだから、美咲、おまえがとってやれ」

弘人は涼しい顔でとなりの美咲に命じる。

「なんかこいつさっきから腹立つんだけど気のせいかな、美咲」

劫は弘人を一瞥《いちべつ》して唸《うな》った。

「あの……仲良くやってくれない？　感じ悪いわよ、ふたりとも」

美咲は劫に刺身の皿を手渡しながら、終始険悪な調子のふたりに渋面《じゅうめん》をつくった。


食事がすんでからしばらく、一行は部屋の隅に備えてあった盤に席をうつして双六《すごろく》に興《きょう》じていたが、弘人は途中で美咲にひとこと告げて席をはずした。

立地条件を把握《はあく》するために屋敷の外に出たものの、弘人の頭からは女将の姿が離れなかった。

あの女将は、これまではわけあって遊郭《ゆうかく》の一室で会っていた相手だった。

姚蘭《ようらん》という名で、生まれてから三年前までの記憶を失っているという、白菊《しらぎく》に生き写しの遊女である。

遊郭にしかいないはずの姚蘭が、女将としてあの場にいたことは驚きだった。雨女《あめおんな》の情報が正しければ、彼女は崇徳上皇《すうとくじょうこう》の寵姫《ちょうき》と目《もく》される前科持ちの女と同一人物ということになる。

おまけに、白菊を彷彿《ほうふつ》とさせるあの小袖《こそで》姿にも少なからず動揺した。

遊女の姿でも十分に似ていると思っていたのだが、化粧も衣裳《いしょう》も異なれば、白菊似の容貌《ようぼう》がいっそう際立《きわだ》つ。引きずられるようにして、彼女が〈御所《ごしょ》〉にいたころの記憶がよみがえった。

白菊――。

目を閉じれば、今でもその姿がありありと浮かぶ。美しく、清らかなしとやかさをたたえた女官。胸を熱くさせた、数々の出来事。

弘人は、なんとなく『紫水殿』の屋敷続きにある桟橋《さんばし》の隅に舫《もや》っている何艘《そう》もの木船のうちのひとつに乗った。ごろりと船底に背をあずけて仰向《あおむ》けになる。

空は相変わらず青く澄み渡っている。薄い雲が彼方《かなた》にひとつか、ふたつ。初夏の清々《すがすが》しさを思わせる空模様である。

梅雨《つゆ》を経《へ》れば、もうじき夏がくる。

彼女がいなくなって、今年でもう三度目の夏が巡る。

あの女将は――姚蘭は、白菊なのだろうか。彼女は生きていたというのか。

たしかに入水《じゅすい》した鴨川《かもがわ》から、遺体は上がらなかった。

だが、もしあれが白菊本人だとしたら、なぜ高野山《こうやさん》に入って崇徳上皇の寵姫になどなったのだろう。

これまで姚蘭とは三度ほど会ったが、そのたびにこの女は白菊ではないと自分に言い聞かせてきた。彼女をとりまいている事情があまりにも悪すぎるからだ。

けれど今日見た小袖姿の彼女は、やはり白菊そのものだった。

白菊は兄を愛していた。その兄の命を奪ったのは雷神《らいじん》である。雷神を呼ぶのは橘屋に課された義務だから、彼女が橘屋を恨《うら》んで崇徳上皇に共鳴していてもおかしくはないのかもしれない。

はっきりさせたい。いや、どのみちさせなければいけない。

彼女が白菊でないことを祈りながら空を見上げていた弘人は、時間がゆっくりと過去に巻き戻ってゆくのを感じた。

2

年の近い、ふたりの少女が側女《そばめ》として〈御所《ごしょ》〉にあがったのは、弘人《ひろと》が十三になったばかりの夏のことだった。

すっきりと結い上げられた黒髪、派手さはないが、端正に整った品のある顔だち。ふたりの少女は、それまで〈御所〉にあがってきたほかの側女と同じようにしっかりとしつけられていて、よく似た雰囲気《ふんいき》をもつ美しい姉妹だった。

白菊《しらぎく》に比べると綺蓉《きよう》にはいくぶん気の強い印象があり、まだ女として異性に仕《つか》えることに余裕のない娘だった。弘人はじきに白菊のほうに惹《ひ》かれた。

現《うつ》し世《よ》から戻ると、無意識のうちに彼女の姿を探すようになり、顔を見ればつい声をかけたくなった。

綾人《あやひと》が白菊と仲を深めるにつれて、自分が白菊を想《おも》う気持ちも強まっていった。

白菊は兄のもので、彼女のほうも兄を慕《した》っている。彼女の心が永久に手に入らないというまさにそのことが、やけに恋心を煽《あお》るのだった。

白菊のほうは、綾人が弘人を愛したように、弟として自分をかわいがってくれた。

彼女には、不思議な包容力があった。思いやりがあって、だれのこともわけへだてなく自然にいたわってやれる。どこかはかなげな雰囲気《ふんいき》をもちながらも、そういう懐《ふところ》の深い面のあるところが、彼女の魅力のひとつだった。

弘人は修行のついでに、山野で草花を採《と》ってきて白菊に渡すことがあった。

『今日も花を採ってきた。おまえが好きそうなやつを』

花簪《はなかんざし》にでもしてもらいたくて、髪に挿《さ》して遊んだ。シャクナゲや山藤などの色とりどりの花は、どれも彼女によく似合った。いつも色の抑《おさ》えた小袖《こそで》姿だったから、もっと華やかな彼女を見てみたいという願望のあらわれだったのかもしれない。

『ありがとう。ヒロくんたら、またこんなところに傷をつくって』

白菊はそう言って、白く細い指先でそっと頬《ほお》の擦《す》り傷のそばに触れた。

『ヒロくんは高子《たかこ》様に似て、ほんとうにきれいな顔をしているわね。男の子は、お母さんに似るって言うものね』

白菊ははんなりとした笑みを浮かべて言った。夢のように美しい微笑《ほほえ》みだった。

兄の綾人からは、綺蓉のことも気にかけてやれとしばしば忠告をうけていた。それが、白菊の願いであるということも。

けれど綺蓉とは、日常生活にかかわる他愛《たわい》ない話をしているだけで十分だった。ときどき白菊への想いについても話した。彼女は親身になって応《こた》えてくれた。そういう会話を交《か》わしておきながら男女の割りきった関係を築くには、自分たちはまだ若すぎた。

あるとき、気持ちに変化が起きて、なにもかもひっくり返して滅茶苦茶《めちゃくちゃ》にしてやりたい残酷な衝動がうまれた。

自分の、白菊への気持ちを知っていながらもそれを微笑んで受け止める兄や、白菊の従順さが気色悪いと思った。その、ぬるま湯に浸《つ》かっているような現実に嫌気がさしはじめたのだった。

日中は現し世でまじめに学校に通い、夜は夜で技術集団にしごかれて、体が疲弊《ひへい》していた。

二番目の兄は鍛錬《たんれん》を極《きわ》めたにもかかわらず命を落とし、弱ければ雷神《らいじん》に喰《く》われる、明日は我が身かと増す不安に、精神的にも追い詰められていた頃だった。理性の均衡《きんこう》がくずれ、心が荒れて、いらぬ感傷に翻弄《ほんろう》されている自覚があった。けれど、それを自力で解消する術《すべ》を持ち合わせてはいなかったのだった。

日中の暑さを残した夏の夜。

じりじりと胸を圧《お》す焦燥感《しょうそうかん》をもてあましながら、弘人は広庇《ひろびさし》で学校の課題に取り組んでいた。勉強は面倒なものだったが、現し世暮らしをするには必要な知識だった。試験のためにいくつかの数式を頭につめこんでいるとき、白菊が現れた。

『こちらの手違いでヒロくんのものが混じっていたようなの。綺蓉にわたしておいて』

白菊は微笑みながらそう言って、芭蕉布《ばしょうふ》の小袖を弘人のそばに置いた。

『兄さんは』

『現し世のお友達のところに出かけていったわ。今夜は遅くなるって』

『じゃあ、今日は白菊はおれと過ごすことができるんだな』

『ごめんなさい。いまから女官長のお手伝いをすることになっているの』

『そんなのおれの相手があると言って断れ。兄さんだって向こうの女と遊んでいるんだから、おまえも好きなようにすればいいんだ』

『どうしたの、ヒロくん』

白菊は困惑《こんわく》気味の笑みを浮かべた。兄の不在に傷ついているのがわかった。

けれどそうして白菊を痛めつけ、追いつめると気分がよかった。抑《おさ》えのきかない邪《よこしま》な感情が、自分の中でみるみるうちに膨《ふく》れ上がった。

『女官長が待っているので、行くわね』

白菊はやんわりと言って立ち上がった。

『行くな、白菊』

弘人は座ったまま、戻ろうとする白菊の手首を衝動的に摑《つか》んで力まかせに引っ張った。

白菊が息を呑《の》んだのがわかった。

体勢を崩して自分の懐《ふところ》に傾《かし》いできた白菊の体を、弘人はきつく抱きすくめた。

このとき綺蓉の名前でも出されれば思いとどまったのかもしれない。

いや、止められなかった。

濡《ぬ》れ羽色《ばいろ》のつややかな髪。ほのかに染まったなめらかな頰。そして優しい眼差《まなざ》し。

ぜんぶ自分のものにしたかった。

それまで、欲しいものはなんでも力ずくで手に入れて生きてきた。嵯峨《さが》の修行で教えられたことは、狙《ねら》ったものは自力で勝ち取るという執念《しゅうねん》と根性だ。だから白菊のことも、強く望めばどうにかなるのだと思った。必ず、自分の手中に落ちるのだと。

『好きだ、白菊。兄さんじゃなくて、おれを見てくれ』

弘人は気持ちを抑えきれず、切羽《せっぱ》つまった声で告げた。

白菊の肩がかすかにゆれ、瞳《ひとみ》が一瞬大きく見開かれた。

『どこにも行くな。ここにいろ。おれの女になれ』

抱きしめる腕にいっそうの力をこめ、きかん気の強い子供のように思いつく感情を並べ立てて訴えた。

どのみち自分は傷つく。彼女が自分をどうあしらおうとも。

わかっていながら手を出さずにはいられなかった。

こっちの意図はわかっていたはずだった。けれど、白菊は拒《こば》まなかった。

それどころか、菩薩《ぼさつ》のようにおだやかな表情をして黙って抱かれているのだった。

この女は、なにをしても許すのだ。この家の男子におとなしく仕えるように。そうやって躾《しつ》けられているから。

綺蓉にしても似たようなものだった。弘人が白菊に惹かれているからといってやきもちのひとつも妬《や》かない。ほかに女がいれば、そういう弘人ごと受け入れるというのだから。

けれどやはり、好きでもない男に陵辱《りょうじょく》されようというときに、もの言わず落ち着き払っている白菊を目の当《ま》たり《あ》にして、弘人は慄然《りつぜん》となった。

どうして……。

『どうして抵抗しないんだ。兄さんしか愛していないくせに』

弘人は白菊の肩を摑んで顔をのぞきこみ、苛立《いらだ》ちも顕《あらわ》に責めるように言った。手ひどく拒んでくれれば、目が覚めるのに。

するとと白菊は、優しい声でさとすように言った。

『ヒロくんが傷つく顔を、綾人様はお喜びにならないわ』

弘人は思わぬ言葉に耳を疑った。

『なんだよ、それ……』

悲痛に面《おもて》をゆがめ、わななきながら、白菊からゆっくりと手を引いた。

胸に冷え冷えとしたものがひろがり、白菊の、この世のすべてを悟りつくしたようなおだやか表情が、呪《のろ》いのように脳裏に焼きついた。

兄のために抱かれるのか。そんなことまで、兄のために果たすのか。そんなに兄が好きか。

自分の情熱は、彼女にはなんの影響も及ぼさない。他人の干渉《かんしょう》など問題にならない、もっと深いところでふたりは繫《つな》がっている。

壊そうにも、壊せない絆《きずな》――。

それに気づかされて、想いが萎《な》えてゆくのがわかり、代わって愁《うれ》いを帯びたむなしさがこみ上げてきた。

白菊は弘人の気がおさまるのを、じっとそばで座ったまま待っていた。

庭じゅうの木々から、ひぐらしに似た蟬《せみ》の声が頭痛がするほどに降っていた。夏に夜通し鳴き続ける、昊昇の蟲《むし》。

『おれが兄さんよりはやく生まれていれば、白菊はおれのものだったのに』

弘人は自分のふるまいを悔《く》やむように口元を拭《ぬぐ》い、呻《うめ》くようにつぶやいた。

そんなことを言う自分が情けなかった。これではものごとが思いどおりにならなくて、駄々をこね、負け惜しみを言う子供と同じだ。

『ごめんね、ヒロくん。……でも、こういう巡り合わせのことを、運命というのね』

白菊の細い両腕が伸びて、そっと頭を抱き寄せた。

『ごめんね……』

優しく髪を撫《な》でられ、柔らかな声で繰り返しいたわるように告げられれば、もうなにも言い返せなかった。

兄のことも、自分になびかぬ白菊のことも恨《うら》む筋合いはない。かといって自分のことを責める気にもなれない。

運命、そうか。憎しみはそこへ向ければいいのだ。自分は、運命を恨めばいい。

細い腕に抱かれながら、絶望によく似た暗澹《あんたん》たる感情が胸に広がった。

——かなわない。

自分が白菊を想《おも》う気持ちより、白菊が兄を想う気持ちのほうがはるかに強いのだ。

自分が彼女から与えてもらえるのは、弟に向けての愛情だけ。

どれほど熱望して身を砕いても、決して手に入らないものが自分にも存在するのだ。そのことを、弘人はこのとき初めて思い知った。

『さっきの、ごめん。ぜんぶ、忘れて』

弘人は目をふせたままそれだけ言うと、白菊から身を離して彼女の表情を見ることなく自分からその場を去った。


翌年の夏、兄が神効《しんこう》を体得しそこねて亡くなったとき、白菊は泣かなかった。

どうしてこの女は泣かないのだろう。自身も喪失感《そうしつかん》を抱《かか》えながら、頭のどこかでそんなことを思った。兄が死んで、一番つらいのはこの女かもしれないのに。

白菊はただ黙って、静かに事態を受け止めるだけだ。

それからしばらくして、白菊は鴇人《ときひと》の母であるお上《かみ》の本妻に仕えるようになった。彼女のほうが、触れれば壊れてしまいそうなはかなさを強めてゆく白菊を見かねて呼び寄せたのだった。

弘人は綺蓉とともにときおり白菊に声をかけたが、なにを言っても大丈夫だと微笑んでみせるばかりだった。息をすることが、生命そのものをすり減らしている。そういう痛々しい感じが漂っていた。

兄が死んでちょうど一年が過ぎ、弘人が雷神の神効を体得し終えた夏の終わりに事件は起きた。

雨の降りしきる夜だった。

夜半過ぎに〈御所〉に戻った弘人は、御車寄《おくるまよせ》から本殿に向かう途中の渡殿《わたどの》から、雨にけぶってぼんやりと浮かびあがる人影を見た。

裏庭の木々の根元に、腹を庇《かば》うようにうずくまる丸く細い背中。着ているものから女官のように見えた。

長い髪は雨に濡《ぬ》れて背中に流れ、石のように微動だにしない。そばまで近づいて、それが白菊だとわかった。

『白菊！』

弘人は、自分の声に振り返った彼女を見て息を呑《の》んだ。隠すように押さえた胸元に、大きな血の染みが広がっている。

『どうしたんだ』

弘人は目を疑った。どこから持ち出したのか、彼女の手に握られているのは刃渡り一尺《いっしゃく》近くもある脇差《わきざし》であった。手首にも切り傷があって血が流れている。

『なにしてるんだよ』

自害しようとしていたのは一目瞭然《いちもくりょうぜん》だった。

恐れていたことが現実になった。ひやりとしたものを胸に感じながら、弘人は白菊の手から脇差を取り上げようと手を伸ばしかけた。

しかし白菊は肩をゆらして立ち上がると、切っ先を弘人のほうに向けた。

弘人は思わぬ行為に目を見開いた。

『止めないで……』

白菊はか細い声で言った。

『止めないでください』

彼女はもう一度、ふだんほとんど出したことのない荒々しい声で訴えた。

『なに言ってるんだ。死ぬつもりなのか』

『約束はもう果たされました』

『約束？　なんの……』

『綾人様は、もし自分が死ぬようなことがあれば、代わりにあなたをそばで見守るようわたくしに言い遺《のこ》してゆかれました。きっと雷神の神効を授かるのを、自分に代わって見届けてほしかったのだわ』

弘人は絶句した。

神効を授かるまで見届けるだと？

弘人はとつぜん知らされた事実に狼狽《ろうばい》した。

それから綾人が何を思ってそれを言い遺していったのかを頭のどこかで考えた。

兄としての気遣《きづか》いだったのだろうか。せめて、自分が神効を体得できるまではそばに白菊を置いて、心の安定をはかってやろうという——？

『約束が果たされたからといって、なにも命を断つことはないだろう』

弘人は、死に取りつかれた白菊の目を見据《みす》えて言った。約束といっても、果たされたというよりはこの女が勝手に理由をつけて投げ出しただけだ。

『綾人様が、彼岸《ひがん》で待っているのです』

白菊は声を震わせて言った。

『ちがう！　待ってなんかいない』

弘人はかぶりを振った。

『生きてほしいから……、兄さんは、そのためにおまえに約束を残したはずなんだ』

言いながら、弘人は確信した。

そうだ。あとを追ってくることくらい、わかっていたにちがいない。だから残したのだ。彼女を、生に繋《つな》ぎとめておくための枷《かせ》を。

『いいえ、生きていては……』

白菊は濡れそぼった髪を振り乱し、息をしぼり出すようにして言った。

——生きていては、もうあの人を愛せない。

蔀戸《しとみど》を叩《たた》く雨の音に消え入りそうな、細い声だった。

次いで、彼女は弘人に向けていた刃《やいば》をふたたびみずからの喉元《のどもと》に突き立てようとした。

弘人は白菊の手首をしたたかに打ち据《す》えて、脇差をはたき落とした。

『だめだ。生きろ。命令だ。橘《たちばな》家の者としておれが命じる』

弘人は兄を恨んだ。もっと別な約束を遺すべきだったのだ。一生かかっても実現することのないような、永遠に果たされえぬ約束を。

『死ぬな、白菊』

自害を阻止《そし》するために抱きすくめるような形になったとき、弘人は気づいた。最後に広庇で抱いたときより、彼女を小さく感じた。自分の背丈《せたけ》が伸びたのだ。ほんの一年あまりのあいだに。

白菊のことは好きだったが、以前のように感情をもてあまして自暴自棄《じぼうじき》になるようなことはなかった。雷神の神効を体得して体が成熟しはじめたのとともに、感情を制御《せいぎょ》することも覚えたらしかった。

『許して。このまま、綾人様を愛させて……』

白菊は喉を震わせて、うわごとのように繰り返す。

そんなふうに自分をさらけ出し、わがままを言う白菊を初めて見た。兄が死んでから、ずっと秘めていたものを、全部吐き出すように。

雨が、二人の頬を激しくうった。

懐や手首から血を流し、身をしぼるようにして泣く白菊を見ながら、この女の中にはもはや綾人しか存在しえないのだと知った。青ざめて精気を失った顔。あんなにも幸福に満ちて輝いていた花のような女は、愛する男を失って生ける屍《しかばね》になってしまった。

弘人は白菊の震える細い肩を強く抱きなおした。

どれだけ追いかけても、届かない。この女は、綾人しか愛せない。

最初からわかっていたのに、どうしても受け入れられなかった事実が、このときになってようやくすんなりと頭に入ってきた。

弘人は、やがて変化《へんげ》の力を失って鵺《ぬえ》の姿に戻った白菊の身柄《みがら》を抱いて彼女の部屋に寝かせた。医務官の処置で一命はとりとめた。

涙は、流すことで絶望や悲嘆《ひたん》の淵《ふち》からその人を救う。そのためにあるものなのだ。

泣いて、白菊はふっきれるはずだった。綺蓉ともそんな話をして、またもとのように笑いあって暮らせるようになるのだと信じていた。

けれど彼女は戻らなかった。

その翌朝、ひっそりと床を抜け出し、まだ増水している鴨川《かもがわ》に身を投げた。


「ヒロ、どこー?」

聞き慣れた涼やかな声がして、弘人は我に返った。

久々に鮮明によみがえった白菊の記憶が、一瞬にして脳裏から消え去った。

空は青く晴れ渡り、目の前に広がるのはのどかな水郷《すいごう》の景色だ。白昼夢《はくちゆうむ》を見ていたような錯《さっ》覚《かく》をおぼえた。

弘人は半身を起こした。

「そんなところでなにしてるの？」

美咲が、桟橋《さんばし》の縁《へり》まで来ていた。あいかわらず隙《すき》だらけの能天気な顔が、こちらを不思議そうに眺めている。

「居眠りしてた」

弘人は言った。実際、うとうとしていたのかもしれない。

「なによ、店の間取りを調べてくると言って出ていったくせに。やっぱりただの行楽でここに来たんでしょ」

美咲は笑った。

こっちの憂《う》さも知らないで、言いたいことを言う。けれど、そういう屈託《くったく》のない顔をして笑う彼女を、弘人は無性に懐《ふところ》に抱きたくなった。

「来るか？」

弘人は美咲に手を差し伸べて誘う。

「うん」

美咲は嬉《うれ》しそうに頷《うなず》いて、弘人の手をとった。

神効を体得して絶対の力を手に入れた。それでも白菊の前では無力だった。そのことが、自分に大きな不安を残した。

おれは、一番大切なものを守れない——。

美咲を近くに感じたくて、これまで何度も手を伸ばしてきた。

この手。このあたたかくて細い手が、いまの自分には必要だと感じる。この女の持つある種の無邪気《むじゃき》さ、無頓着《むとんちゃく》さが、自分の奥底にくすぶる気鬱《きうつ》を晴らしてくれるような気がする。そばで守りたいと本気で思った。今度こそ、自分の目の前から消えてはかなくなってしまわぬように。だから、〈御所〉を出て、美咲の家で暮らすことにした。

繋いだ手を離されて困るのは、おそらく自分のほうなのだ。

3

美咲《みさき》は弘人《ひろと》の手を借りて、慎重《しんちょう》に縁《へり》を跨《また》いだ。

船に足を踏み入れると、船体が大きく左右にゆれた。

不安定なゆれに船ごとひっくり返るような気がして、美咲は思わず弘人の腕にしがみついた。

「ゆれてる……」

「そりゃ、水の上だからな。大丈夫。沈むようなことはないよ」

美咲はなんとなく重心をとりながら弘人から手をはなした。

弘人が腰を下ろしたので、そのとなりに並んで座った。

「さっきね、釣りをしていた小鬼を見つけたから、最近この辺で変わったことはないかってたずねてみたの。そしたら、ここの近辺の鳥居《とりい》を見張ってた青坊主《あおぼうず》がちょっと前に殺されたらしいってことがわかったわ」

「鳥居の見張りが？」

鳥居は、橘屋《たちばなや》の店内にある襖《ふすま》とおなじように現《うつ》し世《よ》と隠《かく》り世《よ》を繋《つな》ぐ働きをするもので、ふだんは橘屋が錠前《じょうまえ》をかけて管理している。区界《くかい》内全体を見回って歩くのは大変なので、遠方には見張り番をしてくれる協力者がおり、錠前が破損してふたつの世界が繋がりかけたときなどには、彼らが分店に連絡をよこしてくれることになっている。

この潮来《いたこ》では青坊主がその役を請《う》け負《お》っていたようだが、小鬼の話によると、いつの間《ま》にか何者かに殺されて水路に遺体が上がったのだという。

「平和そうな土地なのに意外と物騒《ぶっそう》だな」

「喧嘩《けんか》っ早《ぱや》くて金遣《かねづか》いの荒い妖怪だったみたいだから、そっちの方面のトラブルじゃないかって小鬼が言ってた」

「へえ」

「別の見張り番をたてなくちゃいけないわ。地方との連絡ももっとちゃんとこまめにとり合うべきね。見張りが死んでたら、もし鳥居が綻びててもこっちにはわからないもの」

「そうだな。事件が起きてからじゃ遅い……」

揺れる水面を眺めていた美咲は、ふと、湖の底に花が咲いているのに気がついた。

「水の中に花が咲いてるわ」

美咲は船縁《ふなべり》に身を寄せて水底を覗《のぞ》きこんだ。

碧水《へきすい》のなかに、六枚花弁の紫色《むらさきいろ》の花が咲いてゆらゆらとゆれている。まだ時季ではないのか、蕾《つぼみ》の状態のものも多い。

「この季節になると咲く花だよ。これがすべて満開を迎えれば、あの料理茶屋からは水の色が紫に見えるだろうな」

弘人はそう言って楼閣《ろうかく》を見上げる。

「だから、紫水殿《しすいでん》……？」

弘人は頷《うなず》く。

美咲は満開の様子を想像して顔をほころばせた。花の色を映してゆれる幻想的な水面《みなも》を高みから眺めてみたいと思う。

それからさっきの女将《おかみ》の存在を急に思い出してしまった。知って知らぬふりをし合ったふたりのことを。

美咲は迷ったが、このままもやもやと胸に抱《かか》えているのもつらいので思い切ってたずねてみることにした。

「あそこの女将、とてもきれいな人だった。ヒロは、あの人と知り合いなんでしょう？」

「気づいてたのか」

弘人は意外そうに眉《まゆ》を上げる。

「八咫烏《やたがらす》で連絡を取り合ってた相手は、あの人よね。同じ鈴が、帯のところについていたもの」

「ああ、鈴ね」

弘人は気づいた理由に納得したようだった。案外すんなりと認めたので美咲は拍子抜《ひょうしぬ》けした。

それ以上隠し立ても言いわけもしてくる気配はない。

なぜ知らぬふりをしたのだろう。美咲の中に、かえって別な疑問が生じてしまった。

ややあってから、弘人は口を開いた。

「あいつ、三年前に死んだはずの、兄の側女《そばめ》だった女に似てるんだ。あの女将も、ちょうど三年くらい前までの記憶をなくしているらしくて」

「本人かもしれないということ？」

言いながら、胸がちくりと痛んだ。そうであってほしくないと思う自分がいる。

「さあ、どうかな。彼女は増水した鴨川《かもがわ》に身投げしたんだ。生きているはずがない」

「白菊《しらぎく》っていうんでしょ。ヒロは、その人ことを好きだったのよね」

弘人は驚いたように美咲を見た。

「綺蓉《きよう》から聞いたの。とても優しくてきれいなお姉さんで、ヒロが夢中だったたって。でも、亡くなった綾人《あやひと》お兄さんのあとを追って入水《じゆすい》自殺してしまったんだって」

「……ああ」

「もしかして、まだ、忘れられないの？」

美咲が弘人の顔色を伺《うかが》いながらたずねると、弘人は水面に目をそらし、重々しい声で言った。

「忘れようにも、忘れられない。白菊を死なせたのは、おれだ」

綺蓉の言ったとおりだった。弘人は、彼女を絶望の淵《ふち》から救ってやれなかったことに負い目を感じている。

白菊を死なせてしまったのは、弘人ではない。綾人への強い想《おも》いだ。身を滅ぼすほどに強く、深すぎた情愛。

けれど、それをいまここで自分が知った顔をして言う権利はないような気がした。

返す言葉に戸惑《とまど》っていると、弘人は訥々《とつとつ》と語りはじめた。

「白菊は、泣かなかった。兄が死んでも、だれにも涙を見せなかったんだ。ずっと不思議だった。兄を亡くして悲しいはずなのに、どうして泣かないんだろうって。無理に我慢しないで、泣けば楽になれるのだと何度も言ってやった。彼女にもう一度笑ってほしかったから……。でもそういう励ましすらも、彼女には負担《ふたん》でしかなかった。おれはなにも気づかずに、自分の気持ちばかり押しつけて――」

弘人は水面に目をおいたまま、静かに言った。

「あのとき、涙を流せないほどに彼女の心は壊れていたんだって、いまならわかるのにな」

弘人の目にゆれる悔恨《かいこん》の色を見ながら、白菊に謝罪ができれば、この人は楽になれるのかもしれないと美咲は思った。

あの女将に会うのは、彼女の中に白菊を見出《みいだ》して、許されたいからなのではないか。

それとも、ただ単に、まだ白菊への想いが続いているのだろうか――。

「きれい。このへんはたくさん花が開いてるわね」

それ以上のことを考えるのは苦しくて、美咲も水面に目を移した。花に、心が癒《いや》されるような感じがした。

「深いところはもっときれいだぞ。行ってみるか？」

美咲は頷《うなず》いた。

弘人は舫《もや》い綱《づな》を杭《くい》から外すと、櫓《ろ》を摑《つか》んでゆっくりとこぎ始めた。

「ちゃんと進んでる。船頭さんの経験でもあるの？」

「見よう見まねで」

清らかな水が、船の縁から後ろへ静かに流れる。ときおり櫓が船に触る音がごご……と響くごけご。

美咲は手を伸ばして、水面に触れてみた。指の隙間《すきま》をすべるように流れてゆく湖水の冷たさが心地よい。

「おまえも、ここに咲いている花みたいだな」

高みから水底の花を見下ろしながら、ふと弘人が言った。

「手に入れるには、自分は息を止めなければならない。茎《くき》から切りはなして自分のもとで愛《め》でようとすれば、水のない苦しい環境を強《し》いることになる」

「ヒロ……？」

美咲は、弘人がいつもと違う雰囲気《ふんいき》であることに気づいた。ずいぶんとふさぎこんでいるように見える。

弘人は美咲と目を合わせて続けた。

「おまえは、おれが考えていたよりもずっと人間よりの体をしている。闇《やみ》を嫌うし、裏町の食事も口に合わない。血みどろのものに対する免疫《めんえき》もない。裏町でおまえといると、ときどき無理をしているんじゃないかと不安になるんだ。おまえはこっちの世界だけで、妖怪のみを相手に生きていくことはたぶんできない。だから――」

美咲から目をそむけ、痛みでもこらえるような苦い表情を浮かべて弘人は言い募《つの》った。

「おれが……おまえを壊すような気がして怖い」

美咲は目を見開いた。先ほどの白菊の話といい、弘人が面と向かって弱音《よわね》を吐くのはこれが初めてのことだった。

「どうしたの？　なんか、珍しいね。ヒロは強くて自分に自信があって、怖いものなんてなにもない人だと思ってた」

「そんなことはないよ。他人から、うまく隠すことを覚えただけだ」

弘人はふたたび水面に目を落として、もの憂《う》げな声で返す。

（あたしは無理をしているかしら……）

美咲は自問してみた。

たしかに妖怪の料理はまずいし、血が流れるのを見たくはない。それを克服しろと言われれば困難なことのように思う。きっと、こういう隠り世になじみきれない自分が弘人を不安にさせているのだろう。無理をすることで命を削《けず》っているのではないかと。ある日、鴨川の濁流《だくりゅう》にはかなく散っていった白菊のように――。

美咲は立ち上がって、弘人のほうへ歩み寄った。

この人は、疲れているのかもしれない。体というよりは、心のほうが。いつも余裕に満ちて毅然《きぜん》としているけれど、生きているのだから、ときには弱ることもある。

「あたしは、大丈夫よ。この花とは違う。白菊とも。……もし現し世に戻れなくて、こっちの世界に閉じこめられたりしても、絶対に死んだりはしないわ」

美咲はまっすぐ弘人の目を見て、微笑《ほほえ》んでみせた。

どこまで隠り世になじめるのか。自分でも不安になるところではあるが、気にかけてくれる相手がいるかぎり、乗り越えてゆける問題のような気がする。救いになるのかどうかわからないけれど、いま弘人にはそれを伝えておきたいと思った。

それから櫓をとりあげて、彼の手を引いた。

「ねえ見て、ここらへんは満開みたい。この下が一番きれい」

感動を分かち合いたくて、美咲は水面に目を移して船縁に弘人を導いた。

弘人も水の底を覗《のぞ》こうと美咲のとなりに屈《かが》んだとき。船が重心を失って大きくゆれた。

「おっと」

弘人が声をあげ、あわてて船の真ん中に引き返す。美咲もとっさに彼に寄って、その体にしがみついた。

そのままひやひやしながら息をひそめてじっとしているうちに、ゆれはしだいに小さく収まっていった。

「ふたりとも端に寄ったらさすがにひっくり返るみたいだ」

「……うん。びっくりした」

美咲は不安定なゆれがなくなって、ほっと胸をなでおろす。

それからふたりして腰をおろしたとき、自分が弘人の体に密着していることに、はたと気づいた。美咲が一方的に弘人の体にしがみついているのだった。

「あ、ご、ごめんなさいっ」

美咲は袂《たもと》を摑んでいた手をぱっと離して、狭い場所ながらも弘人から距離をとろうとした。

が、

「美咲」

ひきとめるように、名を呼ばれた。声がいつになく真剣なものを帯びていて、美咲ははっと弘人を仰《あお》いだ。じっと自分を見下ろす彼の目と目が間近で合って、息がとまりそうになる。

なに？

美咲が口を開くよりも先に、弘人が美咲の肩を引き寄せた。

上半身が懐《ふところ》に包みこまれるような形になって、美咲は弘人の胸に手をついた。

それから弘人の手が美咲の頰《ほお》に伸びて静かに顔を寄せられ、彼が口づけようとしているのがわかった。

あと少しで触れるというところで、美咲は思わず顔を下に向けてそれをかわした。

どうしてそんなことをしてしまったのか、自分でも一瞬わからなかった。

「あの……素面《しらふ》なのよね？」

美咲はうつむいて頰を染めながら、ぎこちない調子で訊《き》いた。訊いてしまってから、それが理由なのだとわかった。つまり、酔ってもいないのにこういうことをしてくる弘人に、戸惑《とまど》いをおぼえたのだ。

「酔っ払ってたほうがいいか」

弘人は少し自嘲《じちょう》するような笑みをもらして言う。

「そういうんじゃなくて……、なんだか、緊張して……」

美咲はあわてて言った。

「じゃあ、やめとこう」

黙りこんでしまった美咲を見て、弘人は頰から手をひいて美咲を解放した。

酒が入っているときのような強引さはまったくないのだった。

「いいの、やめなくてもいいの」

美咲はとっさに返した。

「あ、じゃなくて、なんて言うか、その……」

やめなくてもいいと言うことは、したいと言っているのと同じことだ。

(なに言ってんだろ、あたし)

美咲は恥ずかしくなり、顔を真っ赤にしてうつむいた。

「なんだよ」

弘人は言葉の続きをじっと待っている。生真面目《きまじめ》に見つめられて、美咲は継ぐべき言葉を完全に失った。

あたりはのどかに静まり返っている。鳥のさえずりすらも聞こえない。

木船はあてもなく、ゆらりと水面を漂っている。

（どうしよう、なんにも言わなければよかった……）

そこから先、どうふるまえばいいかわからなくなって、美咲は困惑《こんわく》した。

酒が入っていれば、いまごろとっくに口づけされているのに。いまの弘人はとてもはっきりとした意識のもとで、美咲を見ている。こちらの意を汲《く》んで行動してくれるふだんの彼なのだ。心の深いところまで読みこまれそうで、落ち着かない。まじめで清廉《せいれん》な感じのする、こっちの弘人にも、違う意味で心がかき乱されるのだった。

（もう、同じ人なのにどうしてこうも違うかな……）

美咲は途方に暮れて、弘人のきちんと合わせられた襟元《えりもと》を意味もなく見つめ続けた。

口づけなら、もう交《か》わした。ここまでいたずらに恥ずかしがることもないのに。けれど、やっぱり初めてのときと同じように胸はどきどきと高鳴る。

気を落ち着けるために、唾《つば》を呑《の》んで口から細いため息をもらしたとき。

「おれは、好きだよ。おまえのこと」

だしぬけに、弘人が言った。なんのてらいもなく、あたりまえのことをふつうに告げるような感じだった。

（え……）

美咲は顔を上げた。

「いま、なんて……?」

「おれは、おまえが好きだ」

弘人は美咲の目をまっすぐ見つめて繰り返した。

「おれがおまえのところに来たもうひとつの理由は、おまえのそばにいたいからなんだよ」

弘人がうちに越してきたとき、たしかに理由がふたつあると言っていた。ひとつ目は反乱分子を見張るため、そしてふたつ目は——、

「あたしのそばに、いたいから……?」

「ああ。そばで、おまえを守りたいと思ったから」

弘人は、とてもひたむきで誠実な顔をして告げた。

美咲は瞬《まばた》きするのも忘れて、弘人を見つめ返した。

「おまえはどうなんだ。おまえは、おれのこと……」

「あたし? あたしも——」

美咲は体が宙に浮いたような心地のまま、かすれたような小さな声で返した。

あたしも、ヒロのことが好き。

きっと、こんなときしか口になんかできないのに、せつなさに胸を圧《お》されてはっきりと声が出てこないのだった。

けれど、それを聞き届けた弘人のなかで、ゆっくりとなにかが塗り替えられてゆくのがわかった。次いで彼の手が美咲のうしろに回って頭を引き寄せられ、今度こそ静かに唇《くちびる》が重ねられた。

(あ――……)

唇の触れ合う感覚に導かれるように、美咲は瞳《ひとみ》を閉じた。

はじめはそっと重ね合わせているだけの口づけだった。

すべての音と景色が遠のき、時間が止まったような気がした。

それから輪郭《りんかく》を確かめるように少しずつゆっくりと唇が動かされて、そこがしだいに潤《うるお》いを帯びはじめると、ふたりのあいだの時間がふたたび流れだすのを感じた。

美咲はうっとりとその感触に酔いしれた。

言葉だけでなく、こうすることで伝わるものが確かにある。言葉だけでは伝わりきらぬなにかが。

心が通い合っているのだと思った。自分から甘えて愛情をねだることも、いまならきっと許される。

美咲は、弘人の胸にそえていた手を小袖《こそで》ごしに静かに這《は》わせた。その体をかたち作る骨や肉や、血の流れ、鼓動《こどう》を知ろうと。

店主としてのつとめも、自分たちを引き離そうとしている存在のことも、いまは頭にはなかった。ただ、熱い息と唇をとおして相手に愛情を感じるだけの密な時間が、水底をたゆたう藻《も》のように停滞しているだけだった。

いつしか、唇を合わせていただけの行為が、濃いものにかわってゆく。好きだと言ってくれた。そのことをもっと実感したいと思って、美咲は深く弘人を受け入れた。この身に、この記憶の中に、彼と繋がっていることを強く刻みつけておきたい。

けれど、ふいにだめだと思って美咲は目を開けた。

これ以上求めたら、もう、引き返せなくなる――唐突に、美咲のなかでそんな不安がはじけた。見えそうで見えない、どろりとまとわりつく何かに溺《おぼ》れるような心地がして急に怖くなったのだった。

美咲は我に返ったように唇を離すと、ほんの少しだけ顔をそむけた。

なぜか、知りすぎてはいけないと言った総介《そうすけ》の言葉が脳裏に瞬《また》いていた。たとえ夫婦になろうとも、深入りしてはいけないのだと。

胸が、いやな感じでどきどきと鳴った。たったいままで、甘い幸福に浸《ひた》っていられたのに。

弘人が、その不安を読んだかのように、自分から離れようとする美咲の二の腕を掴む。

「どうした？」

静かに、問われる。

腕にこめられた強い力とはうらはらな優しい眼《め》が、じっと美咲をのぞきこむ。美咲のなかの怯《おび》えを見抜いて、なにも心配することなどないと諭《さと》すような表情をしている。

美咲は、抗《あらが》うのはせつなくて、けれど不安を取り去ることもできずに、ひとまず弘人の瞳から逃れるように目をふせた。

木船が、かすかに揺れたような気がした。

「わからない……。わからないけど、なんだか急に怖くなって……」

か細い声で、それだけしぼり出す。

黙ったまま不安をもてあましていると、弘人がそっと肩を抱きしめてきた。

言葉はなかった。彼自身も、なにか思うことがあるのに違いなかった。

自分たちには、まだ解決していない問題がある。

美咲は高子《たかこ》に認められてはいない。だから、こんなふうに怖くて、なにか悪いことをしているみたいな気がするのだ。

不安はさらにもうひとつ、弘人が隠し持っている、美咲が知りえない部分にまで及んでいる。おそらくこの不安をかたち作っているもの——一度だけ見た、弘人の実体。あのときの妖麗《ようれい》な姿をいまも忘れることができない。この男は、肉を引き裂く牙《きば》で、毒を秘めた尾で、あるいは閃電《せんでん》さえ操って、相手を屈服《くっぷく》させる獰猛《どうもう》な妖獣なのだ。

総介が警告をしたのは、その部分についてなのだろうと思う。そして自分をこうして惹《ひ》きつけているのも、実は、彼の奥底に秘められたその残酷さなのではないかと思ったりもする。

強いもののまえには、弱いものは、服従を示してひれふすしかない。

自分が恐れているのは、そこに絶望することなのだろうか。それとも、逆に魅入《みい》られて自分を見失うことなのだろうか——。

けれどそうしたとりとめのない不安は、弘人の体から伝わる温《ぬく》もりによってしだいにかき消されてゆく。

美咲は、しがみつくように弘人の胸に頬をうずめた。

この人を、愛していると思う。そのことは、確かだ。だからいまだけは、なにもかも忘れて身をゆだねてしまえばいい。

目を閉じると、水郷の美しい景色と口づけの記憶とが、一枚の絵のように鮮やかに美咲の脳裏に焼きついていた。

第四章　遊郭のみだらな罠

1

翌日。

その日は、酉ノ区界《とりくかい》の日本橋界隈《にほんばしかいわい》にある呉服店《ごふくてん》で、六件目の襲撃事件が起きると予測されている日だった。

今回は弘人《ひろと》も暇《ひま》だと言っていたので同行してもらうつもりだったのだが、間《ま》の悪いことに、またあの八咫烏《やたがらす》が飛んできた。

帰宅と同時にその姿を目の当《ま あ》たりにした美咲《みさき》は、一気に悪い予感に襲われ、心が結ばれた幸せな気持ちと不安とがすっかりと逆転してしまうのを感じた。

「ヒロ、どこに行くの？」

夕食を終えて、呉服店に張りこむために小袖《こそで》姿に支度《したく》をととのえた美咲は、ひと足はやく出かけてゆこうとする弘人を庭先で引きとめた。

「裏町」

着流し姿の弘人は振り返って答えた。

その後、ふたりの間にこれといって変化はなく、基本的に弘人の態度はこれまでどおりつれないものだった。今朝《けさ》なども、昨日の水郷《すいごう》での甘い記憶を思い出しながら口づけのひとつもしてくれないかしらと物欲しそうな顔で見つめてみたけれど、おれの顔になんかついてるか、の一言で片づけられてしまった。

「今夜は『乾《いぬい》呉服店』が襲われるかもしれないのよ」

「ああ、そうだよな」

「たくさんの妖怪が手足を折られたり、血を流すことになるかもしれないのに。……なのに一緒に来てくれないの？」

「おれをアテにしてどうする」

もっともらしく返す弘人の態度は、いつにも増してすげない。

「そうだけど……」

美咲が左腕を負傷したのを知ったときは、口には出さないが、さっさと落とし前をつけたがっているように見えたのに。

これまでの弘人なら、頼まずともついてきてくれた。御高祖頭巾《おこそずきん》の女の繰《く》り出してくる黒狗《くろいぬ》への対処は静花《しずか》と研究ずみで、今夜こそ捕り逃がすつもりはないのだが、それでも被害は出るだろうし絶対の保証《ほしょう》はない。わかりきっているのに、なぜ力を貸してくれないのだろう。

弘人はいつも、自分とはおよそ違うことを考えている。お互いに好きだという意見が一致《いっち》しているだけで、いまだ彼の心を読むことはかなわない。

美咲が言いよどんでいると、

「すまない。こっちも確かめたいことがあるんだ。藤堂《とうどう》と協力してなんとか乗り切ってくれ」

弘人は淡々と言った。

「あの人のところに行くんでしょう。あの白菊《しらぎく》に似た女将《おかみ》のところへ」

美咲はいけないとわかっていながらも、非難がましい目で弘人を見た。さっき、八咫烏を見てしまったから間違いはないのだ。

弘人は目をそらし、否定をしないことでそれを認めた。

「どうしてあの人と会うの？　彼女になにがあるの？」

「仕事がらみだよ」

「だから、仕事って……」

この前もそれだけだった。そして詳しい理由を言ってくれそうな気配は今夜もない。いつもの感情をひそめた顔で、庭の植えこみに目を落としているだけだ。

「ちゃんと帰ってくるから、心配するな」

不安を読んだらしい弘人が、美咲と目を合わせて言った。声も眼差《まなざ》しも優しかった。けれど、有無《うむ》を言わせぬなにかがあって美咲は口をつぐんだ。

あの女のもとへは行ってほしくない。もし彼女が白菊だったらどうするのだ。そうでなくても、彼女に生き写しの女とかかわってほしくなんかない。

けれど弘人は美咲を安心させるようにひと笑みすると、そのまま背を向けて行ってしまった。

美咲はひとり残され、庭先に立ちつくした。言いようのない寂《さび》しさがこみ上げた。

（あたしは二の次なんだわ……）

水郷で交《か》わした言葉はなんだったのだろう。雰囲気《ふんいき》に流されて、適当に口説《くど》いただけなのか。

優しく胸に抱かれて、あんなにも幸福だったのに。

疑惑《ぎわく》はさらに悪いほうへ大きく膨《ふく》れ上がる。弘人がここに越してきたのは、自分のそばにいたいからだと言ってくれた。けれど、ほんとうはあの女《ひと》のもとへ通うためだったのではないか。

（もしほんとうにあの人が白菊だったら――……）

それは潮来《いたこ》から戻ってからずっと考えていたことだ。

弘人が、だれの目にも明らかなほどに強く想《おも》っていた相手。きっと死んでしまったから、あきらめがついて忘れられただけなのにちがいない。だからもし生きて目の前に現れたのなら
――。

美咲は怖くなって両手で顔を覆《おお》った。

弘人はもうここへは帰ってこないような気がする。

気持ちが通じたと思ったのに。愛なんて、手に入れたって指のすき間からこぼれ落ちてなくなってしまうものなのだ。

それから美咲は、幸せな恋心を刳《く》りぬかれてしまったような空《むな》しさを抱《かか》えながら、みなに警告されたとおり、やはり弘人と自分はなにか根本的に異なる生き物なのではないかと思った。

口づけを交わしている最中にさえも、どこからともなく生じてくる不安。

人と妖怪の心の在《あ》り方の違いが、こうしたひずみを生むのだ。


「美咲、そろそろ時間だ、行こうよ。申《さる》ノ分店《ぶんてん》の彼女も来たよ」

弘人がいなくなってしばらくしてから、劫《めぐる》が迎えに来た。

そうだった。落ちこんでいる場合ではない。呉服屋に行かねばならない。

玄関先でひとりふさぎこんでいた美咲だったが、気持ちを引き締めて顔を上げた。

裏町には、劫のほかに雁木小僧《がんぎこぞう》と百々目鬼《とどめき》を含む西《とり》ノ分店の店員六名、それに榊《さかき》をお供に連れた静花が同行した。

今夜は御魂祭《みたまさい》のため、裏町も場所によっては祭りのどんちゃん騒ぎで妖怪たちがあふれかえっていた。

空には紅蓮《ぐれん》の満月。月明かりのおかげで視界は澄んでいるが、いくらかほの赤く染まって見える。

「彼女、かわいいね」

日本橋に向かう途中、劫が榊と連れ立ってまえをゆく静花を見ながら言う。

「劫が見てもやっぱりそう思うんだ」

「ぼくはああいうお嬢様系よりも、美咲みたいにしみったれの庶民《しょみん》的な女の子のほうが好みだけどね」

「それって褒《ほ》めてるんですか、それともけなしてるんですか、劫さん？」

となりで雁木小僧が苦笑しながら口を挟む。

「ほんと失礼なこと言ったわよね、いま」

美咲も劫のほうを軽く睨《にら》む。

「でも静花さんならヒロと幸せになれるのかもしれないわ。同じ生粋《きっすい》の妖怪同士……」

美咲はため息をつき、沈んだ声で言う。

「あれ、なんでまたそんなこと言い出したの、美咲」

劫が不思議そうに美咲をのぞきこむ。

「種族が違うと心のつくりも違うんじゃないかって。人間と妖怪が夫婦になっても疑問だらけでうまくいかない気がして……」

「人間同士でも同じだと思うけどな。本当に相手に疑問のない夫婦なんていないよ。だってしょせん別々の個体が言葉や態度で意思を伝えて繋《つな》ごうとしてるだけなんだぜ。そういうお互いの謎《なぞ》や疑問は、一生かけてわかり合ってゆけばいいんじゃないの？」

「いいこと言いますね、劫さん。おれも同感っす。異類婚でもうまくいってたのは、お嬢さんのご両親がちゃんと証明してるじゃないですか」

雁木小僧がおだやかに微笑《ほほえ》んで言う。

「あ、そうよね。たしかにお母さんは人間だけど、お父さんとは仲良しだったわ」

うまくいった一番の手本が身近にあった。母がなにか不都合を感じていることがあるのだとしたら、いまは父が亡くなってしまってそばにいないことくらいである。

「あんまり深く考えちゃだめね。前向きにいかなくちゃ」

美咲は自分に言い聞かせるようにつぶやいた。

「そうそう、悩んだところで結果は変わらないことが多いからね」

劫にも微笑まれ、美咲はいくらか心が軽くなるのを感じた。

「ありがとう。ヒロのことあきらめなくてもいいって思ったらなんだか少し元気でてきた」

ふたりの励ましのおかげで、白菊にまつわる杞憂《きゆう》はひとまず隅に追いやることができそうだった。

「さてと、がんばって犯人とっ捕まえましょ」

美咲は拳《こぶし》を握ってひとつ気合いを入れてみてから、前をゆく静花たちのほうへ駆け出した。

「ところでいつの間にぼくは美咲の恋愛相談役みたいになってんの。ぼくは、彼女を口説きたいんであって、彼女と弘人のキューピッド役なんてまったくやるつもりはないいんだけど」

劫がぶつぶつととなりに残った雁木小僧にぼやく。

「もっと視野を広げて、別な子を相手にしたほうがいいと思いますよ。劫さん、学校じゃモテモテなんでしょ。よりどりみどりだって、お嬢さん言ってましたよ」

雁木小僧は生真面目《きまじめ》に返す。

「ぼくは美咲ひとりにだけモテればいい」

「お嬢さんは無理っすよ。坊《ぼん》しか見えてないんすから。もうあきらめてください」

「いやだ。ずっと邪魔《じゃま》してやる。ふたりがめでたく結婚してもこっそり不倫もちかけて家庭崩壊させてやる」

「女々《めめ》しいこと言わないでくださいよ。裏町じゃ、姦通《かんつう》は重罪っす。妖力《ようりき》でのやりとりがからめば双方お縄《なわ》になりますよ」

「ふん。あいつがもっと美咲を大事にしてるならおとなしく見守ってやるのに。だいたい事件が起きるとわかってるこんな夜にどこほっつき歩いてんだよ、あのドラ息子は」

「裏吉原《うらよしわら》の遊郭《ゆうかく》『加賀屋《かがや》』っす」

「サイテーな野郎だな。今度会ったらこれで後ろから刺してやるっ」

劫は打刀《うちがたな》の柄《つか》を握りしめて言う。

「いろいろあるんですよ、あのお方にも」

　雁木小僧はなにか知っているふうに言うが、劫はあえてつっこまなかった。

　なにか深い理由があってこっちに来れないのだろう。そのくらいの理解はあるのだった。

2

『乾呉服店《いぬいごふくてん》』は三ツ目小僧の一族が営む間口九間《まぐちきゅうけん》、奥行き二十間の大店《おおだな》であった。

　乾に山の文字の染め抜かれたのれんが夜風にはためき、番頭の案内で中へ入れば壁面を閂《かんぬき》簞笥《だんす》に埋めつくされた広大な座敷《ざしき》が広がっていた。

　反物《たんもの》選びをしている客、着物をあてて姿見を覗《のぞ》きこむ客、その横では打ち合わせをしている手代《てだい》と仕立て方が、ああだこうだと押し問答を繰り返している。繁盛《はんじょう》しているようだ。

　劫《めぐる》と雁木小僧《がんぎこぞう》は手代のすすめにのって茶を淹《い》れてもらいに茶釜《ちゃがま》のほうへ、百々目鬼《とどめき》やほかの店員らは衣桁《いこう》にかけられた真新しい着物の柄《がら》にひかれて店の奥へ、美咲《みさき》と静花《しずか》は注意深く入り口付近に腰をおろした。

　まだ襲撃の時刻には早そうだが、ふたりは敵の手並みを知っているだけに気が抜けない。

「今日こそ御高祖頭巾《おこそずきん》の女を捕まえて、わたくしの永遠の宿敵・白菊《しらぎく》の生き返りかどうかを確かめたいですわ」

静花が意気ごんで言った。

「ええ、あたしもはっきりさせたいわ」

美咲は帯締めを選んでいる鬼族の女の手元をなんとなく眺めながら頷《うなず》いた。生絹金茶《せいけんきんちゃ》の丸くげ帯締め。『紫水殿《しすいでん》』の女将《おかみ》もあんな帯締めをしていたなとぼんやり思い出す。

「ああっ！」

「どうなさったの、美咲さん」

とつぜん美咲が声をあげたので、静花がぎょっとする。

「あたし、思い出した。『紫水殿』の女将は、御高祖頭巾の女だわ！」

帯締めを見ていた美咲の中で、唐突に記憶が繋《つな》がった。化粧は違ったが、あの少し優しげな、かたちの良い目は間違いない。ふたりは同一人物だ。

どうしていままで気づかなかったのだろう。女将を見て、すぐに綺蓉《きよう》に似ていると思ってしまった。思い出す順番を間違えて、気づくことができなかった。

あの女将は、そう、『はだか屋』で美咲が破魔の力を使った御高祖頭巾の女だ。だから『紫水殿』で対面したとき既視感《きしかん》をおぼえたのだ。

「待って、美咲さん。あなた、『紫水殿』をご存じですの？」

静花が屋号《やごう》にぴくりと反応を示す。

「『紫水殿』は、崇徳上皇《すとくじょうこう》の釈放後の根城とされている料理茶屋よ」

「崇徳上皇の根城ですって？」

「ええ。この前、ヒロに連れられて店員たちと行ったの。いま思い出したんだけど、そこにいた女将が『はだか屋』の御高祖頭巾の女とそっくりだった。綺蓉に似ているとばかり思っていたけど、考えてみたらあの女のほうがもっと似ていたわ」

「まあ、美咲さんたらわたくしをさしおいて弘人様とお食事にお出かけするなんてっ。……でも、白菊似の御高祖頭巾の女がその女将と同一人物だとしたら、綺蓉と似ていてもおかしくありませんわね。白菊と綺蓉は姉妹なんですもの」

静花はしばし考えるふうに黙りこんだ。

美咲は、弘人がその女将とふたりで会っていることはひとまず黙っておいた。静花のことだから、盛大にやきもちを妬《や》いて無駄に体力を使いそうである。

静花は慎重《しんちょう》に口を開いた。

「実はわたくし、『紫水殿』の場所について弘人様から調べるよう言われていましたの。あそこは現《うつ》し世《よ》だと廃屋《はいおく》の製糸《せいし》工場にあたるのだけれど、それは間もなく取り壊される予定で、新橘《たちばな》総合病院の建設予定地になっていたわ」

静花の家は現し世では不動産会社を営んでいるので簡単に調べがついたという。

「橘総合病院？　……そういえば、総介《そうすけ》さんが言ってた。近々移転する予定があるんだって。これってなにかの偶然？」

「いいえ。『紫水殿』が崇徳上皇の根城になるのだとしたら……あの医務官は――総介さんはクロということになりますわね」

　静花は深刻な顔をして言った。

「え、クロって……？」

「やっぱり彼には反橘屋感情があったようよ」

「やっぱりってどういう意味なの、静花さん？」

　思わぬ方に話が向かいはじめ、美咲は目を見開く。

「彼のお父様は崇徳上皇に共鳴した謀反人《むほんにん》でしょう。蛙《かえる》の子は蛙なのだわ」

「待って。でも総介さんは、橘屋のために実の父の罪を告発したような人なのよ。なにも自分まで謀反を起こすなんて」

「長い間に目が濁《にご》って心が変わってしまったのでしょうよ」

　静花は厳しい表情で言った。

「ヒロは、このことに気づいているのかしら」

「ええ。ある程度事情を把握《はあく》されているのよ。だから現し世側の『紫水殿』の場所をわたくしに調べさせたりなさったに違いありませんわ」

　美咲は少し考えてから言った。

「崇徳上皇の根城と同じ場所に病院を建てるのはなぜなの？　もしかしてふたつの世界を繋《つな》げ

る襖《ふすま》を開けるとか？」

「ええ、わたくしもそう思うの。行き来自在にして現し世進出でも目論《もくろ》んでいるのかも……」

「そういえば、潮来《いたこ》に行ったとき、釣りをしていた小鬼が言ってたわ。あの付近の鳥居《とりい》の見張り役だった妖怪が最近殺されたって」

美咲ははたとそのことを思い出した。なにか異変がないかと聞きこみ調査をしているおりに、そんな情報を小耳に挟んだのだ。

「それは、きっと新たに開いたものを酉《とり》ノ分店《ぶんてん》に伝えないようにするためですわね」

静花は確信をこめて言った。

「でも、襖を作りだすことなんてできるの？」

「満月の夜、御魂祭《みたまさい》の日、大量の妖気。この三拍子《さんびょうし》がそろえば実現しますわ。大昔には霊魂《れいこん》欲しさにそんな事件もけっこうな確率で起きていたとか。ちなみに今日はその日にあたりますわよ、美咲さん」

静花は少し屈《かが》んで外を見上げ、夜空に赤々と燃える紅蓮《ぐれん》の月を指さしながら言った。

たしかに満月である。そして裏町は御魂祭で沸《わ》いている。あと必要なのは妖気か。

「妖気は、反橋屋分子たちから集めるつもりかしら？」

いまごろあの湖の巨大料理茶屋『紫水殿』には謀反気を燃やした輩《やから》がわんさとつめかけているのかもしれない。

「御高祖頭巾の女がほんとうに『紫水殿』の女将で総介さんとグルなのだとしたら、今夜こっちで起きる事件はただのカモフラージュなのかもしれませんわね」

「本拠地で起こすイベントから目をそらすための？」

「ええ。申《さる》ノ区界から『はだか屋』までの一連の事件も、すべてはこの日のために画策《かくさく》されたこと」

橘屋の注意を襲撃事件にひきつけておくことで、襖開きを確実に実行できる。

冷静に考えると、すべてが繋がる。

「あたしたちは、ここにいるべきじゃないってことよね」

美咲は静花に同意を求める。襖開きは阻止《そし》して、総介を召《め》し捕《と》らねばならない。

「ええ。二手に分かれましょう。わたくしは分店の者を呼んで先に『紫水殿』へ参ります。午前〇時を過ぎてもここでなにも起きないようであれば、美咲さんもこっちにいらして」

静花はただちに腰を上げ、てきぱきと言った。

過去の襲撃事件は、どれも〇時より以前に起きている。

「わかったわ。気をつけてね、静花さん」

美咲も立ち上がった。

「ええ、あなたも」

静花は強く頷《うなず》いて返した。同業者どうしの連帯感はことのほか励みになった。

静花を送り出してしまうと、いよいよ緊張が高まった。

（総介さん自身も謀反人になってしまったなんて――）

正義のために父を告発したはずなのに、その後心変わりをするような何かが彼にあったのだろうか。

あのとき、『はだか屋』でてきぱきと傷ついた妖怪たちの処置をしていった総介を思うと叛《はん》意《い》があるなどとはとうてい考えられないが、後日病院で会ったときの彼には、あるいは野心をもっていてもおかしくはない剣呑《けんのん》な雰囲気《ふんいき》が漂っていた。

美咲は店員たちを呼び集めて静花が抜ける事情を手短に告げてから、ふと弘人のことを考えた。

彼はいま、おそらくあの女のもとにいる。

こんな一大事なのにこっちに仔細《しさい》を話さないで、いったいどういうつもりで彼女と会っているのか。

悪事を働く反乱分子と知っていてわざと泳がせているのだろうか。

たとえ女の素性《すじょう》をわかっているにしても、美咲にはどうしようもない不安が胸にのしかかっていた。

あの女は白菊かもしれない。

もしそうでないにしても、召し捕るには、彼女は白菊に似すぎている――。

3

裏吉原《うらよしわら》は、隠《かく》り世《よ》の遊里《ゆうり》。

現《うつ》し世《よ》で言うと東京の浅草寺《せんそうじ》裏手一帯、かつて新吉原のあった界隈《かいわい》である。

大門をくぐれば、こけら葺《ぶ》きの華やかな妓楼《ぎろう》が軒《のき》を連ね、きらびやかな衣裳《いしょう》を着た遊女の嬌《きょう》声《せい》がそこかしこから聞こえる。

この日は御魂祭《みたまさい》のため、ふだんよりも人出があって賑《にぎ》わっていた。

遊女姿にこしらえられた姚蘭《ようらん》は、『加賀屋《かがや》』二階の座敷《ざしき》で弘人《ひろと》を待っていた。

島田髷《しまだまげ》に鼈甲《べっこう》の笄《こうがい》、左右に三本ずつ挿《さ》された簪《かんざし》。表仕掛けは草花や御所車《ごしょぐるま》が裾《すそ》に広がった豪《ごう》奢《しゃ》なものである。

手鏡をのぞきこみ、簪の向きを手直ししてみる。

郭《くるわ》のしきたりで、三度目の登楼《とうろう》で馴染《なじ》み客となる。相手もそのことは心得ているはずである。

今夜ついに彼と結ばれるのかもしれないと思うと、胸が躍《おど》る。

今回は自分が向こうを招いた。月の傾き具合からして約束の時刻まではもうあとわずかだが、待つ身は長い。

姚蘭は着物の柄《がら》に目を落とし、初めて弘人に会った日に思いを馳《は》せた。

この春の、桜の美しい頃だった。本文界《ほんくかい》に出向き、ひいきにしている上客に付き添うかたちで、遊女として鴨川河畔《かもがわかはん》でひらかれた橘屋《たちばなや》の花見の宴《うたげ》に顔を出した。

上客とは、商品の新規契約《けいやく》を橘屋にもちかけている商売人のひとりだが、実は謀反気《むほんぎ》のある反橘屋分子の一人だった。なんのことはない、弘人と自分を引き合わせるために裏から兄様――橘総介《そうすけ》が手を回して設《もう》けた茶番である。

あの男を色で落として始末しろ。それが兄様からの指示だった。

弘人は、凛《りん》と整ったなかに育ちのよさがにじみ出ている、涼しげな顔立ちの男だった。鍛《きた》え抜かれた体に覇気《はき》を秘めているのがわかる、聞きしに勝るその男ぶりに思いがけず胸が高鳴った。

向こうは向こうで、自分に思いのほか強い興味を示した。初対面のうちに、宴を抜けて河畔に堂々と自分を呼び出した。

そうだ。わたしにならこの男を殺《や》れる。――そのはずだった。

けれど、逢瀬《おうせ》を重ねるごとに、目的を見失ってゆく自分がいた。

弘人のときおり見せる優しさや、ふとした男らしい仕草に心惹《ひ》かれ、この部屋で初めて過ごしたあとすでに、ほんとうにあの男を殺《あや》められるのかと焦燥感《しょうそうかん》すら抱《いだ》いた。

弘人は基本的にいつも無口で、こちらにいろいろなことを喋《しゃべ》らせた。記憶をなくしているふりをしている自分にとって、つじつまを合わせて会話をするのはもどかしいことだった。いっそのことなにもかも話し、楽になってのびのびと甘えたい。そう思って悶《もだ》える夜もあった。兄様からの命令は、今日までに果たすことになっている。しかし、やり遂《と》げられない不安はとっくに確信に変わっていた。

自分たちはどうなってしまうのだろう。今夜、なにかが決定的になる。良くも悪くもそんな予感を抱《かか》えて、姚蘭はじっと弘人を待っていた。

ほどなくして襖《ふすま》が開いて、姚蘭は面《おもて》を上げた。

着流し姿の弘人が、妓夫《ぎゆう》の案内で部屋に訪れた。

「待たせたな」

弘人は少し微笑《ほほえ》んで言った。

「ああ」

姚蘭は頷《うなず》き、弘人に歩み寄ると、そっと胸に抱きついた。

この男からするのはいつも上質な絹《きぬ》の香りだった。

姚蘭は胸に顔をうずめたまま、ずっと気がかりだったことをいの一番にたずねた。

「なぜ『紫水殿《しすいでん》』に現れたのだ？　いきなり仲間をひき連れて現れるからどういうことかと肝《きも》を冷やした」

「おまえのほうこそ、なんであんなところで女将《おかみ》なんてやっていたんだ？」

弘人は不思議そうに訊《き》き返してきた。こうくると思っていた。

「さる上客からあの店の権利をもらったので、ときどき顔を出している――

姚蘭はあらかじめ用意しておいた言葉をするすると返す。まったくの嘘《うそ》というわけでもない。

「悪い偶然だったな。おれは馴染みの情報屋から、あそこが崇徳上皇《すとくじようこう》の釈放後の根城らしいことを聞いたんで探りを入れに行ったんだよ」

弘人は言った。

姚蘭はその不穏《ふおん》な発言に身をこわばらせた。どこからか、情報が漏《も》れている。

「そうなのか。それで、なにか掴《つか》めたか？」

姚蘭は抱きついたまま、そ知らぬふりで訊き返す。

「ああ。いろいろとね。おまえが崇徳上皇の寵愛《ちようあい》を受けていた前科持ちの女であることとか
――」

姚蘭はただちに弘人からはなれて後じさり、険《けわ》しい顔で彼を見据《みす》えた。

「わたしを捕《と》らえに来たのか」

「違う。捕らえるなら、あの場でとっくにそうしてるさ。今夜はおまえに逢いに来たんだよ、姚蘭」

弘人はそう言って、甘い笑みを浮かべる。

しかし、姚蘭は警戒を解けないでいた。身を硬くしたまま、その場に立ちつくす。

すると弘人は、袂《たもと》から御封《ごふ》の束を取り出した。

姚蘭はいっそう警戒を強めた。それが、敵を仕留《しと》めるために橘屋が使うものだと知っている。

「見ろ」

弘人はそう言って部屋の隅に置かれた丸行灯《まるあんどん》のそばに行くと、火を御封の端にうつした。

その後、彼の手で長火鉢《ながひばち》に捨てられた御封の束は、呪詛《じゅそ》の文字を歪《ゆが》めてめらめらと燃えて、またたく間《ま》に灰に変わってしまった。

「燃えてしまった……」

姚蘭はあっけにとられたようにそのさまを見つめる。

「ああ」

弘人はさらに、姚蘭の目には珍しいさまざまな小道具を袂や懐《ふところ》から取り出して、畳《たたみ》の上にうち捨てた。

「これで、おれを信じられるか？」

すべてを手放したらしい弘人が、姚蘭の中に残る怯《おび》えを読んだように言う。

体ひとつで雷神を呼び、妖力《ようりき》を使えるとはわかっているが、たったいま見せた行為の意味するところを思って姚蘭の心は大いにゆれた。

自分の素性《すじょう》を知っていながら、捕らえる気はないと明示しているのだ。

「どういうつもりなんだ？　橘屋としての使命を捨てるのか」

姚蘭は注意深くたずねる。

「おまえに惚《ほ》れたんだ。捕らえる気が失せてしまうくらいに。家業《かぎょう》のことは、この際どうでもいい」

弘人は妙にくつろいだようすで返す。

ぼんやりと期待していたことをはっきりと言葉にされて、姚蘭は胸をつかれた。

このまま信じてしまっていいものだろうか。姚蘭は判断がつきかねて惑《まど》う。しかしこの男は、『紫水殿』でも知らぬふりをして自分を見逃してくれている。それはたしかな事実だ。

弘人は黙りこむ姚蘭を尻目《しりめ》に窓辺に歩み寄ると、行儀《ぎょうぎ》悪く桟《さん》に腰を落ち着けた。

外の喧騒《けんそう》が二階にまで響いている。行き交《か》う者の足音、笛や太鼓《たいこ》の音色、女の笑い声やどよめき。

「あの娘《むすめ》のことは？」

姚蘭は、格子《こうし》越しに通りを見下ろしている弘人に問う。

「あの娘？」

弘人が振り返った。

「『紫水殿』の湖で、白昼堂々と睦《むつ》み合っていた妖狐《ようこ》の娘」

三拍《さんぱく》ほどの間《ま》があった。が、とくに動じるようすもなく弘人は返す。

「見てたのか」

「ああ。見ていたよ」

「おまえの悋気《りんき》を煽《あお》るための芝居だったと言ったらどうする？」

姚蘭は弘人のその挑発的な言葉に、ぴくりと片方の柳眉《りゅうび》を上げた。

「それしては、いささか身が入りすぎていたように見えた」

「あいつにも惚《ほ》れてるからな」

弘人は口の端《は》に笑みを刷《は》いて、いけしゃあしゃあと返す。

「気の多い男だな」

姚蘭は少しばかり眉《まゆ》をひそめた。

「この世に真実がひとつとは限らない。あいつも大事だが、おまえにも惹かれている」

理路整然と言われ、姚蘭は二の句が継げなくなった。なんと欲深く傲慢《ごうまん》な男。しかしここまで開き直って言われると、逆に怒る気が失せるから不思議である。

「わたしにも本気ということか？」

「本気だよ。……おまえは今日、それを確かめるためにおれをここに呼んだんだろう」

目が、誘っている。ここまで弘人が色めいた表情を見せたのは今夜が初めてである。

姚蘭は、我知らず胸が熱くなるのを感じた。

「わたしを抱けば、あの妖狐の娘を悲しませることになるな」

姚蘭はむしろそうなることを強く望んで言う。

あの湖で、ふたりは実に仲睦まじく抱き合って口づけを交《か》わしていた。芝居にしてもそうでないにしても、あそこまで深く愛《いつく》しまれる存在がいるのは許しがたい。あの狐娘は弘人に裏切られたことを嘆《なげ》き、悲しみ悶《もだ》えればよい。

「黙っていれば、問題はないよ」

したたかな笑みを浮かべて弘人は返す。

「相手に言えない秘密をつくることは、罪にはならないのか？」

姚蘭の問いかけに、弘人は心外だというふうに眉を上げた。

「おまえは、罪が何たるかを、ちゃんとわかっているらしいな」

返事に窮《きゅう》し、姚蘭は曖昧《あいまい》に微笑《ほほえ》んでみせた。もっと弘人の口から残酷な答えを聞きたかっただけのことだ。あの娘をないがしろにするような。

「今夜も実体を見せてはくれないのか？」

弘人はすくうように姚蘭を見上げ、問いかけてくる。

「見せない」

姚蘭は即答した。

弘人は会うたびに実体を知りたがった。しかし、自分は鵺《ぬえ》ではなく、狗神《いぬがみ》である。白菊《しらぎく》である可能性をほのめかすために、変化《へんげ》を解くことだけはかたくなに拒《こば》んできた。

実体を見抜かれないよう妖気を抑《おさ》えることはたやすいことだった。幼い頃から、気配や実体を消すことには長《た》けていた。いてもいなくても変わらない、そんな自分の生《お》い立《た》ちを象徴するかのような皮肉な能力だ。

「脱げよ」

だしぬけに、弘人が命じた。

姚蘭の鼓動《こどう》がどきりと跳《は》ねた。

「女が着物を脱ぐのをながめるのが好きなんだ。花びらが散っていくみたいで」

弘人が言ったきり、短い沈黙が落ちる。

「安心しろ。おれはもう、丸腰だよ」

前帯びに手をかけたままためらっている姚蘭を見て、促《うなが》すように弘人が言った。

「もう……疑ってなどいない」

ただ、心が震える。過去に相手をしたどんな客の前でも、こんなふうにはならなかったのに。

がらにもなく初心《うぶ》な心持ちになっている自分に、姚蘭は少なからずうろたえた。

それでも痛いほどに注がれる弘人の視線に煽りたてられて、彼女は手を動かしはじめた。

典雅《てんが》な色模様の表仕掛けを脱ぎ、触れればすぐに解《ほど》けてしまう前結びの帯をはらりと解《と》く。

次いで、濃い紫《むらさき》の中着がするりと肩先からすべり落とされる。

弘人は桟に腰をあずけたまま、そのさまをじっと眺めていた。

外からの喧騒《けんそう》にまじって、客や遣手《やりて》の声、甲高《かんだか》い禿《かむろ》の返事などが遠く聞こえてくるが、この部屋の中でするのは、衣擦《きぬず》れの音だけだった。

緋縮緬《ひちりめん》の襦袢《じゅばん》一枚になったとき、姚蘭はひたと手を止めた。

「終わりか？」

弘人が小首をかしげる。

「ここから先はおまえの手で脱がされたい」

姚蘭はそう言って、誘いかけるように褥《しとね》にはべった。

向こうばかりいい思いをされるのはおもしろくない。

仕掛けを脱いで身軽になったことで、意外にも姚蘭は落ち着きを取り戻していた。

弘人は無言のまま笑みを深めると、姚蘭のもとにやってきた。

4

床入《とこい》りの状態になっても弘人《ひろと》が手出ししてこないので、姚蘭《ようらん》はみずから弘人の角帯《かくおび》に手をのばした。が、彼はその手首をとった。

「そう先を急ぐなよ。夜は長いんだからさ」

口調はおだやかだがどこか逆らえぬ響きがあって、姚蘭はおとなしく手を引っこめた。

そうだった。なにも商売客の相手をしているのではない。

「なにか、おもしろい寝物語を聞かせろ。おまえの身の上話でもいいよ」

のんびりと手枕《てまくら》をして、これまでに会っていたときもときおり見せることのあった屈託《くったく》のない表情で弘人が言う。色気や妖《あや》しさとは無縁の、ここがまるで我が家であるかのような打ち解けた様相。そうだ、『紫水殿《しすいでん》』であの妖狐《ようこ》の娘やその仲間と一緒にいるとき、この男は終始こんな雰囲気《ふんいき》だった。

素の顔を弘人のなかに見たような気がして、心安さを覚えた。自分はあの妖狐の娘とおなじように、選ばれた女なのだ。そのことは、姚蘭の心を大いに満たした。

「わたしは、この郭《くるわ》で生まれたんだ」

口をついて出てきたのは、そのことだった。

「おまえ、記憶をなくしていたんじゃなかったのか？」

弘人は少しばかり驚いたようすで目をみはる。

「ああ、それは嘘《うそ》だ。……生まれてから今日まで、記憶はしっかりとここに残っている」

姚蘭は頭を指して微笑《ほほえ》んだ。そして話を続ける。

「この郭で育って、遣手《やりて》と常客にしごかれて十五で座敷《ざしき》持ちになった。でもこの部屋で、個人的に〈惑イ草《まどいぐさ》〉や人肉を客から客に横流ししていたのがばれて、三年前に高野山《こうやさん》に入れられたんだ。あそこは、もうひとつの異界だな。一見橘屋《たちばなや》が統制しているように見えるが、彼らの目の届かないところで、力のあるものが幅をきかせている」

「ああ、そういう弱肉強食の構図はどこにでもできあがってしまうもんなんだよ」

弘人はかすかに苦笑いする。

「わたしは崇徳院《すとくいん》に見初《みそ》められて、すぐに彼のもとに囲われた。彼の権力をかさに着て、好き放題やって暮らした。ここで実体不明の妖怪客を相手にしている頃よりある意味幸福だったよ。……それから、釈放された今年の年明けに、院が釈放後の暮らしを保証してくれることを約束して獄中《ごくちゅう》でわたしを兄様に引き合わせた」

「兄様？」

「ああ、兄のような存在というだけで血の繫《つな》がりはない。優しくて、面倒見のいい男だ」

「そいつが『紫水殿』の所有者か？　店を任《まか》せ、あそこにおまえを立たせている相手――」

「そうだ。兄様はわたしに、おまえの暗殺を命じた」

「暗殺……。おまえはおれに差し向けられた刺客《しかく》だったんだな」

たいして驚きもせずに弘人は言う。『紫水殿』で鉢合《はちあ》わせしたときに感づいたのかもしれない。

「わたし自身は橘屋転覆《てんぷく》にさして興味はなかったが、院には世話になったから、迷わずすんなり引き受けた。雷神《らいじん》の神使《しんし》に色仕掛けで迫るのもおもしろいと思った。ところが、情にほだされてこのザマだ」

姚蘭は己《おのれ》の弱さを自嘲《じちょう》する。

けれど、話してしまうと楽になった。ずっと望んでいたのかもしれない。こうして腹をわってこの男と接することを。

「反橘屋勢を束ねているのはその兄様とやらか。高野山の開放は崇徳上皇《じょうこう》の意思ではないのか？」

弘人は不思議そうに問う。

「院はもはや老懶《ろうらん》の身だ。だからいまは、兄様が代わって舵《かじ》をとっている。多くの有志者が彼の下についているよ」

「兄様とは、何者なんだ。いまはシャバにいるのか、それともまだ獄中《ごくちゅう》なのか？」

「知ってどうする」

姚蘭はつとめて冷静に聞き返す。

「橘屋としては野放しにしておけないだろうな」

弘人が人ごとのように言うから可笑《おか》しかった。自分が捕《と》らえる気はさらさらないといった口調である。

彼はおもしろ半分に続ける。

「高野山は外部と連絡がとれないように強い結界《けっかい》が張られている。だが、橘屋の技術集団と医事に携《たずさ》わる一部の者に限っては比較的自由に出入りがきくようになっている。兄様とは、もしやうちの身内だったりするのか？」

姚蘭は思わずそうだと口を割りそうになるが、すんでのところで言葉を呑《の》んだ。それからふと、この男はなにもかも知りつくしているのではないかと不安がよぎった。

気づけばするすると喋《しゃべ》らされていたが、この男は本店の鵺《ぬえ》なのだ。いつ掌《てのひら》を返すかわからない。兄様の素性を知られるわけにはいかない。根無し草の自分に価値を見出《みいだ》し、ゆいいつ匿《かくま》ってくれる相手をみすみす手放したくはない。

「兄様の名は……さすがに言えない。院には恩がある。兄様のことも裏切りたくはない」

「おまえは、崇徳上皇らから自由になる気はないのか？」

「いまさら無理だ。いっそのこと、おまえも橘の名を捨てて崇徳院に寝返るか？　次期総帥《そうすい》たるおまえの兄はもはや雷神など呼べぬ体なのだろう」

「ああ。考えてみてもいいよ」

意外とすんなり答えが返ってきたので、姚蘭は軽く目を見開いた。

弘人の眼差《まなざ》しはいたって冷静で、適当に相槌《あいづち》をうっているという雰囲気《ふんいき》でもなかった。

橘の本家も、とんでもない倅《せがれ》をもったものである。しかし、自分にとっては弘人がこちらの陣営に来てくれるほうが喜ばしい。

「わたしは大きな秘密を明かしてしまった。だから、おまえもなにかわたしに話せ」

姚蘭は夢見心地のまま弘人を見つめ、甘えるように言った。

「そうだな……。おまえは、おれがむかし好きだった女に似ている。顔のつくりから、声や背格好までそっくりだ」

「白菊《しらぎく》という名の女官か」

「ああ。話を聞く限りではどうやらおまえは白菊とは別人らしいが、初めて見たときは息が止まりそうになった」

「あの花見のときだな」

夜桜の宴席《えんせき》が脳裏にまたたく。たしかに、弘人は驚いた顔をしていた。初対面にしては、無防備すぎるくらいに。

「なぜ白菊の名を知っているんだ、姚蘭？」

「兄様が教えてくれたんだ。記憶をなくした白菊として近づけば、おまえを落とすのは簡単だと」

「そうか……」

おまえならあの男を殺《や》れる。必ずや。

兄様はそう言った。自分でも、これほどまでに簡単に近づけるとは思わなかった。

あの夜、宴席から呼び出され、河畔《かはん》でふたりきりになった時ひとおもいに刺していれば、簡単に息の根を止められたのかもしれない。こんなふうに予期せぬ恋に身を焼いて、泥《どろ》を踏むような逢瀬《おうせ》に惑《まど》うこともなかった。

「それにしてもおまえはほんとうに白菊に似ているよ。彼女が身投げしたのはちょうど三年前だ。もしかしたらおまえの生《お》い立《た》ちなんて、だれかに植えつけられた偽物《にせもの》の記憶なのかもしれないな」

「それは、わたしが白菊本人かもしれないということか」

「そうだよ。どっちかわからない。——だから、惹《ひ》かれる」

弘人の双眸《そうぼう》はいつのまにか艶《つや》めいたものを帯びている。姚蘭はにわかに同衾《どうきん》の現実に引き戻されて胸が高鳴り、体が火照《ほて》るのを感じた。

「そんな瞳《ひとみ》で見られては、本気かと誤解する」

姚襴はそう言って、舞い上がりかける自分を誤魔化《ごまか》した。気持ちが高まり、弘人の言うとおり自分にあるのはすべてまがい物の記憶で、実は白菊本人なのかもしれないと錯覚さえしてしまう。

「おれはとっくに本気だよ。おまえを、ここから救い出してやることにな。——おれはおまえを助けてやりたい。おまえが白菊であろうとなかろうと、こんなところにいるべきじゃない」

瞳に真摯《しんし》な色がゆらいでいるのを見て、姚蘭の胸がいっそうしめつけられる。

「その濃い化粧や、けばけばしい柄《がら》の衣裳は、おまえの顔には似合わないんだよ」

弘人の指が、姚蘭のすべらかな頰《ほお》にそっと触れる。

「そうやって涼しい顔で甘言《かんげん》をならべて口説《くど》いたのか。あの狐《きつね》の娘も?」

姚蘭は皮肉めいた笑みを向け、挑むように弘人の首に腕を絡《から》ませた。

しかし、主導権はじきに奪われた。

「あいかわらず口の減らない女だな」

弘人は苦笑しながら姚蘭の体を褥《しとね》に組み敷くと、首に回っていた両手を彼女の頭の上にもっていった。

「あ」

されるがままになっていた姚蘭だったが、弘人が姚蘭の腰から抜き取った下紐《したひも》で、組んだ手首を縛《しば》りはじめたので、ぴくりと身をこわばらせた。

縛られる――？

姚蘭の緊張に気づいた弘人が手を止めて、顔を見下ろす。

「こういうやり方は好きじゃないか？」

静かに、問われる。その、どこか甘さを孕《はら》んだ声音《こわね》に魅了されて、姚蘭の中の惑いが泡《あわ》となって消えた。

「いや……、そんなことはない」

姚蘭は体の力を抜いて、弘人のいささか乱暴ともいえる行為を赦《ゆる》した。

支配欲に満ちた弘人の翡翠色《ひすいいろ》の瞳は、ひどく姚蘭の官能を煽《あお》った。男はこうでなければいけない。本能の赴《おもむ》くままに振る舞い、貪《むさぼ》ってくれなければ。

彼女の細い手首は、下紐によってひとつに縛り上げられる。少し複雑に、そしてきつく。

それから、弘人はとくにためらうこともなく姚蘭の緋色《ひいろ》の襦袢の合わせ目に手をすべりこませ、懐《ふところ》を開いた。

形の良い乳房《ちぶさ》が、熟《う》れた果実のような色香《いろか》を放ってこぼれる。

姚蘭の体を目《ま》の当《あ》たりにしても、弘人は意外にも眉《まゆ》ひとつ動かさない。女の裸など、見慣れているのかもしれないと姚蘭は思う。

視線が胸元に落ちる。白皙《はくせき》の肌にある、爪《つめ》で引っかかれた傷痕《きずあと》に。

弘人はその痕を目に留《と》め、かすかに微笑んだようだった。

「この傷は?」

傷痕にゆっくりと指の腹を這《は》わせながら弘人は問う。

素肌に触れられて、姚蘭はびくりと肩を震わせた。自分でも驚くほど敏感《びんかん》になっているのだった。

「客にやられた。ときどきいるんだ、血を吹かせたがるやつが」

姚蘭は息苦しさを覚えながら上《うわ》ずった声で答える。それが嘘をついているからなのか、弘人に触れられているせいなのか区別がつかない。

「もし、わたしが白菊だったらどうする、弘人?」

熱を帯びて、淡い桃色に色づきはじめた姚蘭の胸が落ち着きなく上下する。

「わからない。その時になって考えるよ」

「その時? いつか、わかることなのか?」

「ああ。口づけを交《か》わせばじきにわかる」

弘人は誘うように甘い笑みをたたえて返す。

妖《あや》しく揺らぐ美しい瞳。見つめられれば媚薬《びやく》でも飲まされたかのような錯覚《さっかく》に陥《おちい》る。この瞳に、何人もの女が惑わされ、夢中になったに違いない。そして、しまいに喰《く》われた。

「なあ、姚蘭。おまえの兄様とは、うちの医務官ではないのか？」

弘人は姚蘭の耳に唇を寄せると、答えるまでは口づけを与えないといったふうに焦《じ》らしながら問いただす。さきほどの、凪《な》いだ海のようなおだやかで清廉《せいれん》な面《おもて》はもはや見る影もなかった。

「医務官とは……？」

姚蘭は首筋にかかる吐息《といき》になかば気をとられながらも、核心から逃れるように問い返した。

「橘総介《そうすけ》のことだよ」

弘人は、耳朶《じだ》に触れるか触れないかのところで睦言《むつごと》を囁《ささや》くようにその名を告げた。

焦《あせ》りと緊張で、姚蘭の息は乱れた。

「答えろよ、姚蘭」

彼女の理性は、ゆっくりと体の線を撫《な》で上げてゆく弘人の手に翻弄《ほんろう》される。

「はやく」

濡《ぬ》れた声で急《せ》かされれば、もはや隠しとおすことはできなかった。どうやら、この男はなにもかも知りつくしているらしい。

「ああ……」

未知の期待と危機感のないまぜになっためまいのするような興奮に襲われ、姚蘭はあえなく口をすべらせた。

「――そのとおりだ。その人が、わたしの兄様だよ……」

姚蘭はせつなげなため息とともに吐き出す。はやく弘人と結ばれたくて、それ以外のことなどもうどうにでもなれといった心境なのだった。

「そう、やっぱりあいつなのか。親子二代にわたっての反逆とは嘆《なげ》かわしいことだな」

弘人は目を細め、あきれ果てたように言う。

「おまえだって家業を投げ出し、たったいま、あの妖狐の娘のことも裏切ろうとしているじゃないか」

姚蘭はうっとりと弘人を見上げて続ける。

「おまえも悪い男だ、弘人」

「知ってるよ」

弘人は共犯者めいた笑みを浮かべて姚蘭に口づけた。

狂おしいほど密に重なりあう唇《くちびる》。

その感触を堪能《たんのう》する間《ま》も与えず、弘人は強引に唇を割って舌を絡《から》めてくる。

姚蘭はそれに応《こた》える。もっとねだるように、深く貪欲に。

ああ、このままここで抱かれるのだ。雷神の神使《しんし》の精をこの身に受けられるなんて、夢のようだ。体のすみずみにまで高尚《こうしょう》な妖気が満ちるに違いない。

姚蘭はつかの間、自分に絡みつく運命を忘れた。兄様の存在も、崇徳上皇への恩も。

一方で、雷神の神使でありながらあっさりと使命をかなぐり捨て、色情に惑って女体を貪る間抜けな男でしかなかったという事実に、優越感にいろどられた愉悦《ゆえつ》が少なからずこみ上げる。

馬鹿な男。今後はこの体に溺《おぼ》れ、愛を乞《こ》うてひれ伏すに違いない。

それからふと、ただよう気配にかすかな違和感をおぼえて、姚蘭は目を開いた。

口づけの最中だというのに、意外にも弘人は目を閉じていなかった。

ごく間近で視線が絡む。

翡翠色《ひすいいろ》の瞳がやけに冷静な色をたたえて嗤《わら》っている。

突如《とつじょ》、姚蘭の体を巡っていた熱が一気にひいて、背筋に戦慄《せんりつ》が走った。

なにかがおかしい。

そして次の瞬間だった。弘人から強い妖気が放たれ、苦く刺すような感覚が舌先を襲った。

姚蘭はこの男に身をまかせたことをただちに悔《く》やんだ。

毒を盛られている――！

異変を感じて抗《あらが》いはじめた姚蘭を、弘人はそれでも離さない。ねんごろに舌を絡めたまま、恋人同士のように口づけを繰り返す。おまえが望んだことだとでもいうように。

臓腑《ぞうふ》を抉《えぐ》る毒が、弘人の舌を介して姚蘭の口腔《こうこう》内に滲《にじ》む。目の眩《くら》むようなまやかしの情愛に熱く潤《うるお》っていたはずのそこが、禍々《まがまが》しくしびれはじめる。

やめろ。

歯を立てて舌を嚙《か》み千切ってやろうと思うのに、こっちの舌の根はとっくにしびれていうことをきかない。

姚蘭は蒼白《そうはく》になった。

色仕掛けで勝てる相手ではなかった。向こうもまた、それを逆手《さかて》にとっていた。なにもかも、はじめから計算ずく。騙《だま》されて、溺れかけていたのは自分のほうだ。

喉《のど》が焼けつき、肺が潰《つぶ》れるような錯覚に見舞われ、姚蘭は弘人の下で必死に身をよじってもがいた。

いまになって、括《くく》られた手がもどかしい。

息苦しさに耐えられずに咳《せ》きこみはじめると、弘人はようやく姚蘭から唇を離し、その体を解放した。さらに、それ以上の接触を拒《こば》むかのように唾《つば》を吐き捨て、不遜《ふそん》な笑みを浮かべて口元を拭《ぬぐ》う。

「悪いな。騙し合いはおれの勝ちだ」

ちらりとのぞいた舌の色が、燻《いぶ》しかけの若竹のような毒々しい緑色を帯びていた。炯々《けいけい》と輝く翡翠色の瞳とあいまって、実に陰惨《いんさん》で美しい。

だがそれに見とれている余裕はなかった。

重く苦いものが胃《い》の腑《ふ》からせり上がってきた。姚蘭は体をくの字に曲げ、背中を震わせて大量の血反吐《ちへど》を吐いた。

白い敷布《しきふ》が一気に朱《あけ》に染まった。

「さきほど……わたしに見せた……白菊とやらへの未練は、芝居か……」

姚蘭は喉をひゅうひゅうと鳴らし、荒い息をくりかえしながら問うた。

「色恋に関しての未練なら、残念ながらもうない。おれは今日、おまえが白菊ではないことを確かめるためにおまえの呼び出しに応じた。いくら過去の想《おも》い人とはいえ、おなじ顔の女が身売りをしているなんて耐えがたいからな。いまおまえに盛った毒は、同族には効かないはずの種類のもの。おまえは鵺《ぬえ》ではなく、したがって白菊でもありえない」

「口づけを交《か》わせばじきにわかるとは……そういうことだったのか」

姚蘭は愕然《がくぜん》とする。

「『はだか屋』襲撃などの一連の騒動は、総介の差《さ》し金《がね》でおまえが起こしたことだろう。いくつかの証拠が、おまえを犯人だと教えてくれた。まずはその傷だ。それは美咲《みさき》にやられたものだな。美咲は、『はだか屋』で御高祖頭巾《おこそずきん》の女の胸元に破魔の力を使ったのだと言っていた。別の店員が、そいつが白菊に瓜《うり》ふたつの目をしていたのだとも教えてくれたよ」

姚蘭は歯がみした。化粧を変えて顔を隠していたが見破られたらしい。小娘に『紫水殿』でもう一度顔を見られたのもまずかったかもしれない。

「あの日、おれは『加賀屋《かがや》』でおまえを指名したが、別の客の相手をしているからと断られた。おまえは『はだか屋』にいて、胸に傷を負っていたから、おれの相手なんてできなかったんだよな、姚蘭」

姚蘭は横たわって肩で息をしたまま、ぎろりと弘人を睨《ね》めつける。

「いったい……いつから兄様の正体に気づいていたんだ」

「総介に反橘屋分子の疑いがかかったのは春の初めのことだ。人を使って酉ノ区界《とりくかい》の噂《うわさ》を洗い出していたら、やつの名前が引っかかってきた。おれとおまえが出会ったあの花見にも、やつは同席していたな。おまえのいるこの遊郭《ゆうかく》は崇徳上皇の息のかかった店だともっぱらの噂だ。おまけにおまえは白菊と生き写し。何かあると、バカでも気づく。おれはおまえたちの目論見《もくろみ》どおり、おまえに惚《ほ》れたふりをして事態を見守ることにしたんだ」

「最初に登楼《とうろう》したときから、疑っていたということか」

「まあな。純粋な興味も多少はあったが。——しかし潮来《いたこ》の『紫水殿』でおまえに会ったときは心底驚いたよ。根城の留守《るす》を任《まか》された〈帝《みかど》〉の寵姫《ちょうき》がまさかおまえだったとはね。この遊郭へはおれの相手をするためだけに顔を出していたわけか？」

「そうだ。……出所してから、この商売からは足を洗った」

「代わりに兄様の手先となり、あちこちのお店《たな》で獣型《けものがた》の妖怪を殺戮《さつりく》し放題か。見上げた転身ぶりだな」

弘人は冷ややかに姚蘭を見下ろしながら続けた。

「今日は『紫水殿』で反乱分子どもの集会があるらしい。おまえが今夜おれをここに呼んだのは、『紫水殿』からおれを遠ざけるためだろう。一連の襲撃事件の目的も、分店の警戒を別な場所に向けることにあった。違うか？」

否定する気力もなくて、姚蘭は顔をそむけた。

「おまえ……わたしの素性《すじょう》を知っていながら……なぜ『紫水殿』で捕らえなかったんだ？　わたしはてっきりおまえが使命を捨てて、わたしを庇《かば》ってくれるのだとばかり……」

「使命を捨てるだと？　笑わせるな。ここでこうして、おまえの口からなにもかも洗いざらい喋《しゃべ》らせて総介の裏をとるためだ。とっさに初対面のふりをしたのも、おまえを油断させるためだったんだよ、姚蘭」

「き…さま………」

あの妖狐の娘から自分たちの関係を隠すためではなかったのか。

姚蘭は毒のせいでひりひりする喉を自由にならぬ手でかきむしりながら、ふたたび恨《うら》みがましく弘人を睨《にら》みつけた。

彼女に勝てるのだと優越感に浸《ひた》ってうかれていた自分が愚《おろ》かで憎らしかった。あの花見の夜に時間を戻して、この男を八つ裂きにしてやりたい。まだ、この男が白菊に抱いた恋心の残滓《ざんし》に惑うだけの無防備だった頃に。

「結局……おまえは、妖狐の娘を選ぶのだな……」

姚蘭は憎悪《ぞうお》と苦悶《くもん》に歪《ゆが》んだ面《おもて》で、呻《うめ》くように言った。

「はじめから答えは出ている。おれが惚《ほ》れているのはあいつだけだ。おれはもう、あの女を手離す気はない。向こうが拒んでも、懐にとどめておくつもりなんだ。それくらいに惚れているから、おまえごときの色仕掛けには惑わされない」

「わたしを助けてやると言った。ここは、わたしのいるべき場所ではないと……」

「ああ、言ったよ。おまえは高野山《こうやさん》へ入るべきだ。総介の言いつけに乗じてたくさんの命を奪いすぎた。あそこでゆっくり時間をかけてもう一度更生しろ。つぎに出てきたときには違う自分を取り戻せているはずだよ」

姚蘭は、血に濡れた唇をギリギリとかみ締めた。

苦しい。これは、恋を失った苦しみか。己の浅はかさに対する悔いの念なのか。

「安心しろ。解毒師《げどくし》なら高野山にいる。身の振り方を選べ。自首して生きながらえるか。毒を抱《かか》えて落ち延びるか。――縄抜けに成功したらの話だけどな」

弘人は青ざめて苦しみ悶《もだ》える姚蘭からはなれると、床に捨てた小道具をきれいに拾い上げて袂《たもと》に収めた。

「兄様のところへ行くのか……」

「ああ。久々の大捕り物だ。いろいろと喋ってくれてありがとうな。おまえのこと、嫌いじゃなかったよ、姚蘭」

それだけ言うと、言葉とは裏腹に無慈悲《むじひ》な笑みをうかべたまま踵《きびす》をかえした。

第五章　知らされる事実

1

午前〇時をまわった。

「なにも起きないわ」

月の傾き具合では判断のつかない美咲《みさき》は、自分の腕時計で時刻を確かめてから言った。

『乾呉服店《いぬいごふくてん》』で張りこみを続けていたが、出入りするのはまっとうな買い物客ばかり。

「やっぱ本命は潮来《いたこ》みたいっすね」

待機中に、美咲から総介《そうすけ》にまつわる不穏《ふおん》な事情を聞かされた雁木小僧《がんぎこぞう》はそう言った。

彼はしかし、すでに弘人《ひろと》からひそかにおおよその事情を聞かされていたようだった。

つまり橘《たちばな》総介が謀反人《むほんにん》で、白菊《しらぎく》似の女将《おかみ》は一連の襲撃事件にも関与しているのではないかという可能性について。

雁木小僧曰《いわ》く、弘人は今夜、あの女将の口から総介の叛意《はんい》を暴かせるために、彼女がいるという裏吉原《うらよしわら》の妓楼《ぎろう》に向かったらしい。彼女は遊女としての顔も持ち、ふたりはこれまでもその妓楼で逢《あ》っていたのだという。

「坊《ぼん》はもう潮来に行ってるかもしれないっす」

　雁木小僧は言った。

「でもあの女とはどうなったと思う？　ヒロが昔好きだった女の人に瓜《うり》ふたつなんだそうよ」

　美咲は不安を抑《おさ》えきれずに言う。

「向こうの情報を引き出せるだけ引き出したら、しまいに斬《き》り捨《す》て御免《ごめん》っすよ」

　あっさりと雁木小僧は言った。

「白菊本人かもしれないのに？」

「ええ、同種には効かない毒を盛って確認をとるとは言ってましたが。どうなんすかね。どっちにしてもお縄《なわ》になるような女ですから、彼女がだれであっても結果は同じだと思いますよ」

「不安だわ。白菊本人だったら、見えるものも見えなくなりそうじゃない……」

「そんな軟弱者じゃありませんよ、あの人は」

「わからないわ。情報だって、いったいどうやって引き出すのよ。拷問《ごうもん》にでもかけて吐かせるというの？」

「色仕掛けで吐かせるんすよ。そのために、長らく気のあるふりをして下準備を積んでいたわけで」

「色仕掛けって……」

美咲は不快そうに眉《まゆ》をひそめた。

そもそも会う場所が妓楼であることじたい、聞き捨てならない。

あんなところで会う男女がすることはひとつである。

美咲が黙りこんでしまったので、雁木小僧はまじめな顔で告げた。

「坊は、仕事とはいえ芝居をするのは疲れると、ときどき愚痴《ぐち》をこぼしてみえましたよ」

疲れる――弘人が最近、どことなく疲弊《ひへい》して見えたり深酒をして帰ってきたのは、そのせいだったのだろうか。相手を騙《だま》すのがわずらわしかったから？

けれど、それを知ったからといってすっかり安心できるというわけでもないのだった。

「とりあえず、あたしたちも『紫水殿《しすいでん》』に行きましょう」

そう言って、美咲はさっと立ち上がった。

いろいろと気がかりなことが山のようにあるのだが、目下《もっか》の仕事は、襖《ふすま》が開かれるのを阻止《そし》し、反乱分子を散らすことである。


潮来の水路は、御魂祭《みたまさい》のせいかこの前よりも往来《おうらい》が激しく賑《にぎ》わっていた。

美咲は、分店店員らとともに抜け道を使って、『乾呉服店』から潮来のとある油屋にたどり着いていた。店の裏庭に出て、石造りの階段をおりて通りすがりの木船に乗りこもうとしているとき。

とつぜん夜空を裂くような稲光が一瞬、潮来の町を閃《ひらめ》かせた。

「うわっ、すげえ雷」

劫《めぐる》が首をすくめて叫ぶ。

次いで耳を劈《つんざ》くような轟《とどろ》きとともに、西の方角に雷が落ちた。

同じように身を縮めた美咲だったが、赤みを帯びた夜空に走る、見覚えのある雷光の余韻《よいん》に息を呑《の》んだ。

(あの光は……)

「『紫水殿』のほうだ。坊《ぼん》が神効《しんこう》を降ろしたんすね」

雁木小僧が険《けわ》しい顔で言った。

先に木船に乗っていた鬼の子が母親にしがみついた。

「お母ちゃん。また、雷神様《らいじん》が降りてきた」

「さっきから『紫水殿』でいったいなにが起きてんだい。こんなめでたい祭りの日に」

母親が不安そうに眉をひそめる。

「ねえ、またって、雷が落ちるのは二度目なの？」

美咲は母親の鬼にたずねた。

「ああ、少し前にも一回、おなじ場所に降りたよ」

雷神の神効は無尽蔵《むじんぞう》に降ろせるものではない。呼びこむほうの器《うつわ》が衰《おとろ》えれば、そっちに負荷《ふか》がかかって逆に魂《たましい》を喰《く》われることにもなりかねない。

「若様、大丈夫なんでしょうか」

百々目鬼《とどめき》が不安に顔を曇《くも》らせる。

「敵が強いのかしら。それとも数か多いから……？」

美咲は固唾《かたず》を呑んだ。不安がどんどん膨張《ぼうちょう》する。なにが起きているのだろう。雷神を呼ばねばならぬほどの、一体なにが……。


『紫水殿』にたどり着いた一行は、入り口で立《た》ち往生《おうじょう》した。

足を踏み入れようとしても、強い力ではじき返されてしまう。

外部からの敵を入れないようにか、あるいは敵を外に逃がさぬためか。建物全体に、結界《けっかい》が二重に張り巡らされているようだった。

「弘人と静花《しずか》ちゃんが仲良く一緒に張ったものっぽいね、コレ」

漂う妖気を読んだらしい劫が言った。

「劫くん、士気が下がるようなことわざわざ言わないのっ」

百々目鬼がひじで劫のわき腹をどつく。

「入れますかね？」

雁木小僧が問う。

「御封《ごふ》でなんとか入り口を作ってみるわ」

美咲は袂《たもと》から御封を取り出し、結界の障壁《しょうへき》にかざしてみた。

おなじ橘屋の身内なのだから融通《ゆうずう》がきくと思ったが、実際は妖力同士《ようりき》の衝突にすぎなかった。しかも弘人と静花の頑強な結界であるから抵抗力は半端《はんぱ》ではない。

結界そのものを崩すことはもちろんかなわず、かなりの妖力を消耗《しょうもう》してできたのは直径四尺ばかりの小さな穴だった。

身を縮めてくぐりぬけた一行が、以前食事をした場所に見たものは、雷神の神効によってくたばった反乱分子たちであった。

「死んでるの？」

美咲は息を呑んだ。

「生きてます。気絶しているだけです。それほど強い神効ではなかったみたいで」

美咲たちの気配に駆けつけた人型の妖怪が手短に言った。橘屋の制服を着ているからおそらく静花の呼んだ申《さる》ノ分店《ぶんてん》の店員である。

たしかに、個室の並ぶほうにはまだ手向かってくる者がいるようで、別の店員がそれらの始末にあたっていた。

「ヒロや静花さんはどこ？」

「上です、〈御所《ごしょ》〉の医務官の謀反のようです」

医務官とは橘総介のことだろう。白菊似の――あるいは本人なのかもしれない――女将がどうかかわっていたのかは委細《いさい》はわからないが、やはり、彼が黒幕であったようだ。

「ここより上には通さぬぞ」

背丈《せたけ》のある屈強《くっきょう》そうな骨だらけの妖怪が立ちはだかる。

美咲は動きを封じようと御封を飛ばした。

「雑魚《ざこ》どもの相手はおれたちがするんで、お嬢さんは早く坊《ぼん》のところへ行ってください」

雁木小僧が敵に鎖分銅《くさりふんどう》を放ち、ぎりぎりと捕縛《ほばく》しながら言った。

「ありがと」

いま必要なのは破魔の力である。

「美咲、気をつけろよ」

打刀《うちがたな》で襲いかかってくる敵を器用に斬《き》り伏せていた劫が、肩越しに美咲をふり返って言った。

「ええ。みんなも」

階《きざはし》を上がると、二階もおなじような有り様だった。

申ノ分店の店員たちと残党とが攻防を繰り広げている。

しかしこの階の造りは、もはや料理茶屋という風情《ふぜい》ではなかった。高い天井《てんじょう》に向かって太い柱ばかりが立ち並んだだだっ広い板の間が、雅《みやび》な屏障具《へいしょうぐ》によっててきとうに仕切られている。

美咲は弘人と総介が対峙《たいじ》していると思われる最上階まで一気に駆け上がった。

そこは二階と同じような造りだったが、正面奥には帳《とばり》のかかった浜床《はまゆか》の御帳台《みちょうだい》があって、中央に御椅子《ごいし》が配してあった。

壁面には壁代《かべしろ》が廻《めぐ》る。全体に典雅《てんが》な雰囲気《ふんいき》が満ちて、ここに崇徳上皇《すとくじょうこう》が座することを想定して造られたといった内装なのだった。

美咲は目を凝《こ》らした。

あたりにはこれまでに目にしたことのない金色の微粒子《びりゅうし》が漂っている。なんなのだろう。空間がぶれるほどの強い妖気をともなって、それはこのフロア中に密に漂っている。

そして右前方に、小袖《こそで》に袴《はかま》姿の総介がいた。着物が裂け、そこかしこに裂傷《れっしょう》を受けている。妖気を体にあてられるとあんなふうに負傷した状態になるから、おそらく弘人か静花が仕掛けた攻撃によるものである。

「総介さん……」

美咲の声に総介が首をめぐらせた。

「おや、助っ人の登場ですよ」

総介は美咲の姿をみとめると、対峙している相手に向かって言った。

柱の陰で見えなかったが、近づくとその先には弘人がいた。

人型をとっているが弘人も同じように負傷している。総介よりも消耗がひどい。雷神を二度も呼びこみ、弘人の体はかなり疲弊《ひへい》しているにちがいなかった。

「ヒロ！」

美咲は叫んだ。

弘人の足元には黒々とした大柄な狗神《いぬがみ》が数体、血を吹いたり白目をむいたりしてこと切れている。

力を失った弘人のものとおぼしき御封がそこかしこに散らばり、すでに戦いの繰り広げられた形跡が残っている。

静花の姿はなかった。下の階にもいなかったのに、どこへ行ってしまったというのだろう。

美咲が広いフロアを見渡し終えた直後、総介の手先に黒狗が顕現《けんげん》し、唸《うな》りを上げて弘人に猛進していった。

美咲は息を呑んだ。

それは御高祖頭巾《おこそずきん》の女が操っていたものに似ていたが、大きさが倍近くあり、面立《おもだ》ちもより獰猛《どうもう》であった。

総介の手から伸びた黒狗は二手に分かれ、弘人の喉元《のどもと》と右肩とに、同時に喰らいついた。

「やめて！」

美咲は弘人のもとに駆けた。一瞬で、すらりと妖狐《ようこ》の姿に変わる。

雪のように白い肢体《したい》が矢のような速さでそこに近づき、黒狗に飛びかかった。

美咲はその胴体に破魔の爪《つめ》を立てた。実体のない靄《もや》のように見えたが、おなじ獣《けもの》の体にのしかかっている感覚が足元から伝わった。

バチバチと妖気が衝突して黄金色《こがねいろ》の焔《ほむら》がたった。

黒狗はそれでも、弘人に喰らいついたまま離れない。

美咲は妖気の消耗を感じながら、愕然《がくぜん》となった。

強い。

黒狗の鋭い牙《きば》はすでに弘人の喉元を喰い破っていた。喉は獣型の妖怪の急所といわれる場所である。

鮮血がどくどくと溢《あふ》れ、着物が一気に朱《あけ》に染まった。

弘人はものも言わず、血の気《け》が失せた青い顔で一点を見据《みす》えたまま肩で息をしている。

美咲も蒼白《そうはく》になった。

総介は——鵺《ぬえ》と狗神の血をひくというこの妖怪は、それほどまでに強い力を持っているのか。目の前で血を流しているのが弘人なんて信じられない。

総介の繰り出す黒狗の妖気と美咲の破魔の力はしばし拮抗《きっこう》していたが、やがて黒狗が負けて、するすると黒い靄のようなものにかたちを変えて退散していった。

弘人が立っている力を失って、その場に崩れ落ちた。

なぜ。

神効を降ろして疲弊しているためか、強いはずの弘人が反撃する隙《すき》も見出《みいだ》せず、ただ一方的にやられてしまった。

「ヒロ……っ！」

美咲は思わず叫んだ。妖狐から、またたく間に人の姿に戻る。

弘人のそばにしゃがみこんで彼の頬《ほお》に触れるが、気を失ってしまったのか、反応がない。

「まさか、死んだの……？」

美咲は震える声でつぶやいた。食い破られた肩や首筋から血がどくどくと溢《あふ》れる。美咲はそれ以上血が流れ出てしまわぬように袂《たもと》でそこを覆《おお》った。

青ざめた顔はぴくりとも動かない。人型のままだから、まだ息はあるのか。

「いや、起きて。目を開けて、ヒロ」

美咲は悲痛な声で訴えかける。なんという悪夢。

「美咲ちゃん……」

総介が距離をあけたまま、静かに声をかけてきた。

美咲は袂で弘人の傷口を庇《かば》いながら、顔だけ総介に向けた。

「今夜、ここでなにが起こるのか、きみは知っていましたか？」

「ふたつの世界を繋《つな》げるための襖《ふすま》を開くつもりだったんでしょう……。あなたは崇徳上皇《すとくじょうこう》の仲間だったのね、総介さん」

美咲は憎しみをこめた目で総介を見る。どれだけの時間、橘屋を欺《あざむ》いてきたのだろう。『はだか屋』では、あんなにも慈悲《じひ》深く妖怪たちを手当てしてくれたのに。

「そのとおり。今夜はこの下にある殿上《てんじょう》の間《ま》の一角に襖を開けるはずでした。現《うつ》し世《よ》との境が曖昧《あいまい》になるこの御魂祭《みたまさい》の満月の夜、ある一点に絶えず妖力を抽入《ちゅうにゅう》し続けることで襖は開く。そのために反橘屋の妖怪たちを集《つど》わせたのです。満月と御魂祭が重なることなんてそうそうありません。〈帝《みかど》〉の釈放も間近で、今日は逃してはいけない絶好のチャンスだったのに……、横槍《よこやり》が入ってしまった」

総介は死んだように横たわる弘人を冷ややかに見下ろす。

「見張り役であるやっかいな二匹の鵺を始末せねばならないことはわかっていた。兄のほうには刺客《しかく》をやりました。弘人も、ここには来られないよう手を打ったはずだったのですが……」

「ヒロのお兄さんを襲《おそ》わせたのはあなただったの？」

美咲は顔をいっそう険《けわ》しくする。

「ええ。案外簡単に片づいたので、正直拍子抜《ひょうしぬ》けしましたがね。病院でそのまま命を絶つことも可能でしたが、彼には当面、表の橘屋を仕切ってもらわねばならない。雷神を呼べない程度

に衰弱《すいじゃく》させておいて、しばらくは生かしておくつもりです」

「弱らせて、利用しようというの……」

美咲は、こみ上げる怒りにわななく。

「弘人もこの日までには始末されているはずだったが、半刻ほどまえにこの紫水殿に現れた。どうやらこっちの刺客はしくじったようだ。彼が現れるまえに、この周辺に分店の店員がうろついていると報告があったので妙だと思ってはいたのですが——」

分店の店員とは、静花が連れてきた申ノ分店の者たちにちがいない。さきほどから静花の姿がないが、彼女はどうなったのだろう。

総介は続けた。

「弘人がここに来たとき、階下には妖力を放出する番を待つ妖怪たちが山のように待機していました。しかし月はどんどん満ちる。一体ずつ相手をしていては時間を食う。それで彼は雷神を呼んで、一挙に始末したのです。一度目は一階の反乱分子たちを片づけるために。二度目は二階の反乱分子たちを片づけるために——。死なぬ程度に手加減していたようですが、二度も呼べるとは驚きだ。そしてそれから、この最上階のわたしのもとまでやってきたわけです」

「病院であなたがおかしなことを言っていたときに気づ《く》くべきだったわ」

美咲はあの不安を煽《あお》る奇妙な会話を思い出しながら悔やんだ。

総介は薄く笑った。

「あれはきみと弘人の仲を裂くためにわざとしたことですよ。きみが彼においている絶対の信頼を崩してやるために」

「なんですって？」

「相手を信じられなくなると、距離ができて心がすれ違ってゆくでしょう。それを目的にふきこんだのです。弘人には、きみとは仲たがいして、姚蘭《ようらん》という女に夢中になってもらわねばならなかったのでね」

「姚蘭……」

それが、あの白菊に似ているというここの女将の名か。弘人は知ってか知らずか、その女と裏吉原《うらよしわら》の遊廓《ゆうかく》で逢《あ》っていた。

総介との会話のせいで、美咲の中には弘人に対する不信感みたいなものが生じかけていた。加えて、白菊に似た素性《すじょう》の知れない女の影がちらついて疑心暗鬼《ぎしんあんき》におちいり、心はたしかにすれ違いはじめていたのかもしれない。

「しかし弘人がここにたどり着いたところをみると、どうやら彼はもう、白菊に未練はないらしい」

総介の面《おもて》に、事がうまく運ばなかったことへの不満がかすかに浮かぶ。

弘人が白菊に未練を残していようがいまいが、いまはそんなことはどうでもよかった。

美咲は弘人の傷口からどんどん流れ出てくる血にうろたえた。

このままでは、息があっても失血死してしまう。

「ヒロ、目を開けて。こんなところで死んではいや」

血を止めなければ。どこかで、手当てを。けれど、どうやって弘人の体を運べばよいのかわからない。いや、その前に総介を捕らえなければならない。

しかし、弘人を負かせるほどに強い相手を自分ひとりで討ち負かすことができるのか。

早く始末せねば、弘人の息はもたないのに。

気が動転してうまく頭がまわらず、焦《あせ》りと不安のあまり涙まで滲んできた。

と、そのとき、背後にいた総介の口からとつぜん呻《うめ》き声が上がった。

(えっ………?)

「おれはまだ死んでないぞ、美咲」

弘人の声がして、美咲ははっと振り返った。

背後から打撃を受けたらしい総介の体から、黄金色の焔がたっていた。

「ヒロ！　どうして？」

美咲は目をむいた。

血だるまで横たわっているのはずの弘人が、どういうわけか総介の背後に立っていた。

背中をかばって身をよじる総介も、予想外のことに目をみはっている。

「油断したな、総介。いまのは貘《ばく》の見せた幻《まぼろし》だ」

気づけば、弘人のそばに見覚えのある一匹の獏がいた。それは実体をさらした静花《しずか》であった。

「静花さん！」

静花はすうっとヒトの姿に戻った。

「ふふふ。いかが？　わたくしの手並みは」

美咲《みさき》は事態についてゆけずに目をしばたいた。

「いやだわ、美咲さんたら。わたくしが弘人《ひろと》様と一緒に張った結界《けっかい》に穴など空《あ》けてくださって。幻影をうまく紡《つむ》ぎだせなかったらどうしようかと肝《きも》を冷やしてよ」

屋敷《やしき》ごと張られた巨大な結界、あれは、幻を見せるためのもの——。金の粒子は静花の破魔の力か。

「ごめんなさい……」

美咲はあやまりながらも、信じられない思いで自分の掌《てのひら》や袂を見た。

すぐそこに倒れていたはずの弘人の姿はもうどこにもない。美咲の手や袂についたはずの血《ち》糊《のり》も匂《にお》いさえも、跡形もなく消えている。あんなにも生々《なまなま》しくに五感に訴えてきたのに。

「あれが、獏の幻……」

美咲は、静花の持つ能力に感服したようにつぶやく。

「きさま、いつの間に入れ替わって……」

弘人の手によって妖気を封じられた総介《そうすけ》は、肩越しに彼を睨《にら》み、苦しげな声で問いただす。

「二体の狗神《いぬがみ》を始末した直後に替わったんだよ。藤堂《とうどう》の破魔の力はこの部屋にとっくに満ちてた」

弘人は龍の髭《ひげ》で手早く総介の身柄《みがら》を拘束《こうそく》した。

「なぜこんなことになってしまったんだ、総介。おまえ、いつから崇徳上皇《すとくじょうこう》のほうに……」

総介の前に回った弘人は、やりきれない面持《おもも》ちで総介を見据《みす》える。

身内の謀反《むほん》などあってほしくなかったにちがいない。これまでも弘人が総介に向けていたのは、咎《とが》め立てしようにもそれが叶《かな》わない苛立《いらだ》ちのようなものだったのだ。

「いつから？　――はじめからですよ。わたしは〈御所《ごしょ》〉で父の背中を見て育った男です。父はいつも言っていた。ふたつの世界を繋《つな》げ、命を好きなだけ存分に操ってみたいと。その夢を叶《かな》えるために、父はてっとりばやく〈帝《みかど》〉に魂《たましい》を売ったのです」

「命を操るって……」

美咲には理解しがたい言葉だった。

「ここは現《うつ》し世《よ》では橘《たちばな》総合病院の建設予定地だ。おまえはここに襖《ふすま》を開けてどうするつもりだったんだ？　死ぬ予定のない患者を葬《ほうむ》って、崇徳上皇に折々霊魂《おりおりれいこん》でも捧《ささ》げるつもりだったのか」

弘人が問いただす。

「〈帝〉は単なるお飾りです。わたしと父の本当の目的はふたつの世界を繋げること。現し世は、隠《かく》り世《よ》のために存在するべきです。わたしは生まれたときから父にそう教えられた」

「現し世は隠り世のために……？」

美咲は眉《まゆ》をひそめた。

「それは、間違っているわ」

ふたつは同等に存在するべきである。

「ええ、わたしもはじめはそう思った。しかし医術を身につけて、人間や妖怪たちの体に何度もメスを入れているうちに、ありとあらゆる命が、だんだん自分のものになってゆくのがわかった。すべては自分の手の中にある。生殺与奪《せいさつよだつ》は思いのまま。父の言っていたことがはっきり理解できるようになったのです。わたしはこの手で命の選択ができる。それをもっと実感したい——それでわたしは父の遺《のこ》した悲願を達成させることにしました。ここに襖を繋げて、必要なときにわれわれの手によって好きなだけ霊魂をこちらに流す。そうして、思いのままに命の管理をするのです」

それが命を操るということか。

悪事をはたらく者たちによく見られる、倒錯《とうさく》した考えである。

「わたしが父の罪を告発したのは、父からの指示でした。当時、吟味方《ぎんみがた》の中に父の犯行を嗅《か》ぎつけた者がいた。それで父は、彼らに罪を暴かれるよりもまえに、わたしに告発させたのです。わたしを〈御所〉に残して、橘屋転覆《てんぷく》に向けての礎《いしずえ》を築かせるために——」

総介は底光りのする目で告げた。

「なんだって？」

意外な事実に三人は耳を疑う。

親子の共謀だったというのか。総介が実の父を売ることでお上の絶対の信頼を得て、医務官の地位に留《とど》まるための——。

美咲は愕然《がくぜん》と総介を見た。

「あなた、征人《まさひと》さんが死んでゆくのがつらかったって、間違っていると思ったからお父さんを告発したって言っていたのに……」

「いいえ。むしろ確実に征人を弱らせてゆく父の腕前を尊敬していましたよ。……すべては、内側から橘屋を壊すためにしたことです」

総介は酷薄《こくはく》な笑みを浮かべて言う。

正義のための告発ではなかった。当時、総介は十五、六歳。父の指示とはいえ、若いのにしたたかな根性を持っていたものである。

「善悪を見誤ってはいけない」

弘人は手短に一蹴《いっしゅう》した。

「そんな眼力、この裏町に必要なのですか？」

「必要だ。ふたつの世界の均衡《きんこう》を、ひいては自分自身を保つために必要なものさしなんだ。おまえはもう、ずっと昔にそういう感覚をなくしてしまったんだな、総介」

なにかを断念したようすで弘人は言う。

「〈帝〉に献上物《けんじようぶつ》を捧げるよう扇動《せんどう》したのも、あなただったの？」

美咲は問う。それに関して、以前ひと騒動起きている。

「いいえ。それは別の妖怪が企《くわだ》てたことです。〈帝〉にはもはやかつての権勢はありません。あの人はきみたち橘屋に仇《あだ》なす者たちの、ひとつの象徴にすぎない。わたしを始末しても、いくつかの反乱勢が彼の名を借りて、またきみたちに手向かってくるでしょうね」

崇徳上皇がいなくとも、権力に逆らうものはいつの時代にも必ず生まれる。永遠のいたちごっこだと総介は嗤《わら》う。

「姚蘭《ようらん》のことは……」

弘人は問う。

「ああ、あの女は捨石です。白菊《しらぎく》に似ているから利用価値があると思い拾ったのですが、きみを誘惑《ゆうわく》するのは荷が重かったようだ。たまたま同じ狗神《いぬがみ》の血が流れていたので少しばかり情けをかけてやりましたが、きれいなだけの憐《あわ》れな女です」

弘人はため息をひとつ吐き出してから告げた。

「おまえは橘征人暗殺の従犯で高野山行きだ。獣型《けものがた》の妖怪を虐殺《ぎやくさつ》し、うちの吟見方を謀《たばか》った罪は重いぞ」

「打ち首ですか？　ここでしてもらってかまいませんよ。父のように、あそこで見世物《みせもの》になって処刑されるのはごめんですからね」

総介は平淡な声で返した。妖力《ようりき》を封じられて衰弱《すいじゃく》しているせいもあるかもしれないが、なぜこれほどに冷静でいられるのか、美咲には理解できなかった。

「おまえのことはある意味本家の不始末だ。おれが責任をもってここで息の根を止めてやるから安心しろ」

そう言って弘人は袂から刀子《とうす》を取り出した。

が、

「待って！」

美咲が声を上げ、割って入った。

「殺さないで」

弘人と静花が同時に美咲を見た。ふたりとも、なぜ総介をかばうのかと不可解な顔をしている。

「なに言ってるんだよ。こいつは罪人だ。『はだか屋』の一連の事件はこいつが企《たくら》んだことなんだぞ。直接手を下していないにしても、こいつの命令でたくさんの妖怪たちの命が奪われた」

「そうですわ。これだけの規模の反逆罪はどのみち処刑はまぬがれない。わたくしも、いまここで片をつけておくことに異存はありません」

静花も弘人に流されてではなく、いち店主として毅然《きぜん》と意見を述《の》べている。

「でも殺したらお終《しま》いよ。この人は反省することもできないわ」

総介に同情する気はない。偏《かたよ》った考えで多くの妖怪を傷つけ殺して、むしろ憤《いきどお》りを感じる。だが死んでくれとは思わない。少なくとも妖怪たちの手当てをてきぱきとしていたあの医者としての総介を思えば、改心して出直す余地があるように思う。

うまく言えないけれど、ここで総介の息の根を止めるのはなにか間違っている気がした。

「こいつを高野山に入れたって、中でまた復讐《ふくしゅう》の談合がはじまるだけだ」

「そうですわ、美咲さん。心なんて、そう簡単に入れ替えられないものですのよ」

「そんなのわからないわ。時間はかかるかもしれないけど、いつかは……！」

かたくなに訴えつづける美咲に、弘人は苛立《いらだ》ちを隠しきれない様子で言う。

「納得できない。こいつは兄を見殺しにした。このまま生かしておく必要がどこにあるんだ」

「じゃあ殺したら、罪はどうなるの」

「こいつが死ぬことで償《つぐな》われる」

弘人はそう言って、刀子を総介の喉元に当てて妖気をこめる。

美咲は弘人の手を押さえ、激しくかぶりをふった。

「だめよ！　そうやっておなじことをやって返すことがほんとうに正しいことなの？　罪は、

生きて苦しむことで償われるべきだわ」

そのなかで正しいほうへ立ち直るきっかけを見出《みいだ》してゆくものなのだという気がする。

「……それにあたし、この人を殺すヒロを見たくない」

言ってしまってから、それが一番の理由なのかもしれないことに気づいた。そうだ。いま目の前で、それができてしまう彼を見るのが怖い。

美咲の言葉を受けて、弘人の手が一瞬ひるんだのがわかった。

「弘人様……？」

静花は険《けわ》しい顔で弘人を見る。

「そんな生《なま》ぬるいことを言っていたら、隠り世の犯罪はなくならないぞ」

弘人は自分にも言い聞かせるように厳しい目で美咲を見据《みす》える。

美咲はなにも言い返せなかった。

これまでだって、きっと絶たれた命があったからこそふたつの世界の均衡は保たれてきた。罪人に情けをかけることでそれが破綻《はたん》してしまう可能性は否定できない。

美咲は唇をかみしめた。

と、次の瞬間だった。

刃物が肉を絶つ鈍《にぶ》い音がした。

総介が呻《うめ》いて、口から大量の血を吐いた。

刃物はじきに引き抜かれた。

彼の背から噴水のように吹き出した血飛沫《ちしぶき》に、美咲は愕然《がくぜん》となった。

が、止《とど》めを刺したのは弘人ではなかった。

総介の背後にこつぜんと現れた女の姿に、三人は目をみはった。

「姚蘭……」

弘人がつぶやいた。

だれもその存在が近づいていたことに気づかなかった。

目の周りがどす黒く落ち窪《くぼ》み、生気を失って青ざめた目の前の女があの女将《おかみ》だとわかるのに、少し時間がかかった。

姚蘭は髪をぞろぞろと乱し、緋色《ひいろ》の襦袢《じゅばん》一枚の姿で、震える手に刃物を握っていた。

総介は、目を開けたまま、その場に倒れた。

「兄様……わたしのこと……利用して……」

姚蘭の血糊《ちのり》のついた唇から、潰《つぶ》れた声が吐き出される。そこだけ異様な光を帯びた眼《まなこ》は、憎々しげに総介を睨《ね》めつけている。

毒気にあてられているのがひと目でわかった。弘人が回した毒だろうか。

裏吉原《うらよしわら》から、執念《しゅうねん》で気配を殺し、ここまで来たようだ。

「おまえもだ、弘人……殺してやる……！」

姚蘭は憎悪《ぞうお》に満ちた眼《め》を弘人に移すと、刃物をふりかぶって襲いかかった。

弘人は姚蘭の手首をとって、彼女の手から刃物を叩《たた》き落とした。

姚蘭はじきに狗神《いぬがみ》の姿に変化《へんげ》し、牙《きば》を剝《む》いて襲いかかってきた。

黒い毛並みに銀灰色《ぎんかいしょく》の瞳《ひとみ》をもつ、大ぶりの雌狗《めすいぬ》。

だが、毒が回った体で気配を消すことに力を費やし、消耗《しょうもう》しきっている彼女を取り押さえるのはたやすいことだった。

美咲と静花が同時に彼女の胴体を押さえ、御封《ごふ》を貼《は》って残りわずかな妖力を封じこめた。

黄金色《こがねいろ》の焰《ほむら》がたって、その場に崩れ落ちる。

狗神の姚蘭は全身で荒い呼吸を繰り返しながら、その銀灰色の目を力なく閉ざした。

同じように弱り果てた気息で床に臥《ふ》せっていた総介が、美咲のほうを見て苦しげに言葉を紡《つむ》ぎだした。

「楓《かえで》様に渡してある……悪阻《つわり》を抑《おさ》える薬を捨てなさい。……長く飲み続けると……子が流れるものが混じっている」

「なんですって！」

鴇人《ときひと》の妻である楓の子は、男子であれば雷神の神効《しんこう》を授かる。だから生まれる前に始末しておくつもりだったというのか。

（なんてむごいことを……）

けれどいまわの際《きわ》にそれを自白したところをみると、いくらか良心の呵責《かしゃく》もあったのか。

言い終えた総介の体は変化が解かれて、たちまち人型を失った。黒々とした毛並、尾は蛇《へび》ではなく、顔立ちもふくめて狗神寄りの肢体《したい》であった。

「わたくし、この者を外に運ぶついでに伝令を飛ばしてまいります」

静花がぐったりとしている姚蘭の身柄《みがら》を抱《かか》えながら言った。

「頼む」

弘人が険しい顔のまま頷《うなず》いた。

「総介さん……」

美咲は立ちつくしたまま、狗神の姿となった総介を呆然《ぼうぜん》と見下ろしていた。

「血が……」

背中の刺し傷から、鮮血がどんどん溢《あふ》れ出る。多量の血は、見ているだけで不安になる。

「無駄だ。総介はもう、息をしていない」

弘人が言った。

たしかにもう息はない。ほんとうに、死んでしまった。さっきまで生きて、言葉を発していたのに。

『はだか屋』で傷を受けた美咲の左手の手当てをしてくれたのはこの男だった。けれど、裏町が崩壊するような謀反《たくら》を企み、獣型の妖怪たちの命を奪ったのもこの男なのだ。

ここで動揺していては、一人前になれないのかもしれない。けれど、美咲には具体的にかかわった人の死を、すぐに受け入れることはどうしてもできないのだった。

「これでよかったんだ」

弘人は静かに言った。

「ある立場から見ると、うちのしていることは罪のように見えるのかもしれない。だがふたつの世界の均衡を保つためには必要なことなんだ。無益な殺生《せっしょう》の罪はみずからの死をもって贖罪《しょくざい》する、それが正しい。それに対しておまえになにを思われようが、おれはこの信念を変える気はない」

姚蘭が現れなかったら、総介の息の根を止めたのは自分だった。そう主張されているようで恐ろしかった。

けれど、揺るぎない表情で吐かれたその言葉は、逆に弘人が無駄な殺生はしていないという証《あかし》にもなるような気がした。

彼にも、そして自分にも、現し世と隠り世を守る責務がある。ときには敵を手討《てう》ちにする残酷さも必要なのかも知れない。

美咲はあきらめをつけたように総介からはなれて立ち上がった。

それから、気になっていたことをたずねた。

「どうして黙っていたの、姚蘭とのこと……春先からずっと逢《あ》っていたんだって雁木小僧《がんぎこぞう》から聞いたわ」

「話して聞かせたところで、おまえはおれとあの女の仲を疑うだろ。なにを言っても不安にさせるだけだとわかっていたから、すべて片づいてから打ち明けようと決めていた」

弘人は淡々と答えた。

「ひとりで解決しようとしないで。二度も雷を落として、静花さんがいなかったらヒロもやられていたかもしれないじゃない」

「さっきも言ったが、総介のことはある意味本家の不始末なんだ。あまり表沙汰《おもてざた》にはしたくなかったんだよ」

事情は伏せて、闇《やみ》から闇へ葬るつもりだったのだという。たしかに、謀反人の息子をひきとる決断をした時点で、橘一族は失敗していたのかもしれない。

「結局、あの女《ひと》は白菊だったの？　それとも……」

「違ったよ。おれが毒を盛って確かめた。おなじ顔で殺しをやったり身売りをされるのはさすがに耐えられなかったからな」

「もし白菊だったら、ヒロはどうしてた？」

口にするうちに精神的な疲れをおぼえて、言葉尻《じり》がかすれた。傷口に塩を塗るように、こんなことを問い詰めている自分がいやだった。

「どうもしないよ。同じように、始末したさ」

弘人はそれ以上なにも語らずに目を伏せる。

言葉以上に、彼の中になにか感慨《かんがい》があるに違いないのだった。けれど、それは訊ねても教えてはくれないだろうし、美咲自身も聞きたいとは思わない。

「どうした？」

黙りこんでしまった美咲に気づいた弘人が顔をのぞきこむ。

泣きたいのでもない、怒りたいのでもない。言葉にしづらいとりとめのない思いが漠然《ばくぜん》と美咲の心を支配していた。

「なんでそんな不安そうな顔してるんだ」

「ほんとうは、もうヒロはうちには帰ってこないんじゃないかって思ってた。あの人が白菊で、ふたりで一緒にどこかへ行ってしまうんじゃないかって……」

美咲はうつむいたまま、弱々しい声で言った。いまになって、その不安がどれだけ大きかったのかを思い知った。

弘人は美咲の肩を抱いて、そっと自分のほうへ引き寄せた。

「ちゃんとおまえが好きだって伝えた。必ず戻るから、信じて待てとも」

抱きしめて、それができずにいた美咲をかすかに責めるような声で弘人は言う。

そうだ。たしかに弘人は気持ちを告げてくれた。あの水郷《すいごう》のときすでに、姚蘭を仕留《しと》める心積もりがあったのだろう。

相手を信じきれず、醜《みにく》い感情を抱《かか》えてしまう自分をいやだと思った。白菊に対する妬《ねた》みや、歪《ゆが》んだ独占欲のようなものが、どうしても払拭《ふっしょく》しきれないでいる自分が。

弘人は白菊を忘れてはいない。静花の言うとおり、白菊を越えることはおそらく自分には永久に叶《かな》わない。

けれど、弘人の胸に頬《ほお》をうずめながら美咲は思った。弘人の記憶の中の彼女に勝つことに、なんの意味があるのだろう。

白菊はもういない。いま、同じ場所で彼との時間を生きているのはこの自分だ。

複雑な思いはすでに汲《く》み取ってもらえている。それを落ち着かせるために、こうして自分を抱きしめてくれてもいる。こんなふうに思いやって大切にしてもらえるなら、ほかになにを望むというのだろう。

美咲は考えるのをやめた。あまり深く考えすぎても、悪いものを呼び起こしてしまうだけだ。

(よかった。ヒロが、ちゃんと帰ってきてくれて……)

美咲は素直に安心して、弘人の胸に思いきり身をゆだねた。

と、そこへ、

「ちょっとそこのおふたりっ」

静花の甲高《かんだか》い声が割って入った。

戸口を見れば、びしりと指をさして眉尻《まゆじり》を吊《つ》り上げた彼女が仁王立《におうだ》ちになって息巻いている。

「くっつきすぎですわよ。美咲さんったらなに調子に乗っていつまでもうっとりと弘人様に抱かれていらっしゃるの！　弘人様も、女に刺されそうになって人心地を確かめたいのはわかりますけれど、なにも美咲さんなんかで間に合わせなくてもよくってよっ」

美咲は静花の剣幕《けんまく》におののいて、あわてて弘人から身をはなした。

弘人はひとりぷんぷんとふくれている静花に言葉も出ない。

（静花さんたら、ヒロの前でもすっかり地が出ているわ……）

それから分店の店員たちがわらわらと上がってきた。階下も無事に決着がついたようだ。

「大丈夫ですか、若様、お嬢さん」

百々目鬼《とどめき》らが駆け寄ってきた。

「ありがとう。大丈夫よ」

「下のやつらはどうなった。みんな息はあるか？」

弘人が問う。

「仮死状態です。目が覚めたらもう悪いことしようなんて思わないですよ。それより若様、いつのまにか雷神の力を制御《せいぎょ》できるようになったんですね」

百々目鬼が感嘆《かんたん》する。

「ああ、まだ手探り状態なんだけど」

以前は力を操る余裕などないと言っていたのに。弘人も少しずつ進歩しているのかと美咲は思う。

「伝令は?」

弘人は静花にたずねた。

「さきほど管狐《くだぎつね》を走らせるよう手配いたしました。姚蘭は、朧車《おぼろぐるま》のほうに……」

それを聞いて美咲はほっとした。大切な新しい命を、危うく失うところであった。

「この人にも、正しい心が残っていたのかしらね」

静花が総介の亡骸《なきがら》を見下ろしながら、感情を抑えた声で静かにつぶやいた。

床の黒い血だまりは、総介のまわりを囲むように広がっている。

美咲はいたたまれなくなってそこから目をそらし、窓の外を見上げた。

月は傾いていた。もう数時間もすると、夜が明ける。

終章

「どういうことですか、兄さん」

翌日の昼下がり。

弘人《ひろと》は兄の鴇人《ときひと》の入院している橘《たちばな》総合病院の特殊病棟《とくしゅびょうとう》の一室で、またしても彼にやりこめられていた。

『紫水殿《しすいでん》』での一件を報告し終えると、鴇人はすでにことの次第を知りつくしていて、弘人が事件をすべて片づけて自分のもとに現れるのを待っていたというのである。

「そういうことですよ、ヒロくん」

鴇人は罪のない顔をして笑う。

「総介《そうすけ》がクロだっていうのはね、覚《さとり》の情報でおおよそ摑《つか》めていたことなんだ。ほら、おまえが人を使って酉ノ区界《とりくかい》に探りを入れていた頃、あの頃からこっちもいろいろ動いていたんだよ。だが、あいつもなかなか尻尾《しっぽ》を出さないし、かといって面と向かって問い詰めるわけにもいかないだろう。だから効率よく始末できる機会を狙《ねら》って、しばらく泳がせてあったんだよ。まあ、楓《かえで》の腹の子にまで手出しされたのは驚きだったがね」

たしかに、警戒してどこかに潜伏などされたらよけい捕《と》らえにくくなってしまう。

「では、これも計画のうちだったってことですか。兄さんがこうしてむざむざと敵方の襲撃を受けて全治三カ月の負傷を負うことも？」

弘人は苛立《いらだ》たしげに兄の有り様を見やる。

「反乱分子たちはおれがくたばったのを知って、総介が計画していた襖開《ふすまびら》きの決行に賛同したはずなんだ。こうでもしなきゃ、裏町にひそむ反乱分子をまとめて始末する機会なんてほかになかっただろう」

たしかに、決まった日時に『紫水殿』に反橘屋勢が集まったことで、彼らをまとめて一掃することができた。

「おれにくらい、計画の旨《むね》を伝えてください」

「敵を欺《あざむ》くにはまず味方から。徹底的にやりたい性質なの、兄さんは。いいじゃない。こうして兄弟仲良く、やっかいな謀反人《むほんにん》を片づけられたんだから」

「おれは命がけでしたが」

「お兄も猩々《しょうじょう》たちに襲われたとき、肝《きも》を冷やしたよ」

「ああ、どこまでやられてしまおうかとヒヤヒヤしたわけですね」

弘人は皮肉をこめて返す。犠牲《ぎせい》になった妖怪は多いし、なにかこっちが損をしているような気がしてならない。

「あ、それとね、高子《たかこ》さんが美咲《みさき》ちゃんを茶会に誘いたいそうだ」

鵺人は強引に話題を切り替える。

「茶会……？」

「そう。上得意を招いて裏町で開くらしいよ。もちろんおまえもおれの代わりに頭数に入っているからね、ヒロ」

美咲に茶のたしなみなどあっただろうか、と弘人は首をひねった。

「参考までに聞きたいんですが、それは断る権利あるんですか？」

「あるにはあるけど、あとのことを考えたら返事はひとつしかないだろうな」

「…………」

ここで兄に逆らってみたところで墓穴《ぼけつ》をほるだけなので、弘人は高子の挑戦をおとなしく引き受けて、西ノ区界に戻ることにした。


弘人が今野家《こんのけ》に着く頃。

エプロン姿の美咲は、台所で妖怪料理のための未知の食材とにらめっこしていた。

「うーん、グロテスク」

牡蛎《かき》に似た大ぶりの黒い貝、蝙蝠貝《こうもりがい》は裏町でしか採《と》れない高級食材らしいが、身はまるで墨《すみ》に漬けこんだかのように黒々としていた。

「ただいま。なにしてんの」

帰ってきた弘人が、美咲のそばに来て手元をのぞきこむ。

「あ、おかえり。あたしもさっき帰ったばっかなの。百々目鬼《とどめき》と裏町で買い物してきたのよ」

ほら、とまな板に並べた蝙蝠貝、それに妖怪料理のいろはが書かれた和綴《わと》じの教本を示してみせる。

「やっと作る気になったのか」

「妖怪料理を出せばお酒の量が少しは減るかなと思って。最近飲みすぎてたみたいだったから」

「ああ、ごめん。いっつもあんなもんだよ、おれは」

「え?」

けろっと平気な顔をして弘人が言うので美咲は拍子抜《ひょうしぬ》けした。

「おれがストレスをためて酒に溺《おぼ》れてゆく憐《あわ》れな男に見えた?」

「うーん、なんだか心が疲れているように見えたけど」

いまは立ち直ったというところだろうか。まったくの見当違いだったのなら心配して損した気分である。

弘人はむくれる美咲を見て少し笑った。

「で、なにを作ってくれるの」

「蝙蝠貝の雑炊《ぞうすい》。これから下ごしらえよ」

美咲は教本をぱらりと開いた。

「①蝙蝠貝は殻《から》から身を剝《は》いで、湯に通して毒を抜く。……毒のあるもの、食べちゃうのね、妖怪は」

「ここで抜くから問題ないんだろ」

美咲はナイフを使って、貝殻から張りのある身を順番にこそげ取り、すべて終えるとぬめっていた手を洗ってから鍋《なべ》の湯が沸騰《ふっとう》するのを待った。

「そういえば、ヒロはあの姚蘭《ようらん》にどうやって毒を盛ったの？」

となりでてきとうに教本の頁《ページ》を繰っていた弘人に、美咲は思い出したように問いかける。

「寄生妖怪のときと同じだよ。個体どうしの濃厚な接触でそれがかなう」

「寄生妖怪……、後鬼《ごき》があたしに口移ししたみたいに？」

「ああ、そうそう。こんなふうに唇《くちびる》から直接――」

弘人がにやりと笑ったかと思うと、いつのまにか肩に手が回って引き寄せられ、口づけを迫られる。

「や・め・て！」

美咲は弘人の体を押し戻した。

「おまえには毒なんて盛らない」

弘人が生真面目《きまじめ》に返す。

「違う、そうじゃなくて。ヒロは……あの人と、やっぱりこういうことしたのね」

美咲がことのほか険《けわ》しい顔で弘人を見るので、弘人は美咲からおとなしく手をひいた。

「売られた喧嘩《けんか》を買っただけのことだよ。こっちも引き出したい情報があったし。ああいう手合いはおれとしても色仕掛けだとやりやすい」

きっぱりと言い切る弘人にはうしろめたい感じがなく、かえってさわやかな潔《いさぎよ》さに満ちているのだった。

以前、後鬼が美咲に寄生妖怪を仕込むときにも、弘人が自分を助けるときも、男女の情など関係なくそれは行われた。唇を重ねて唾《つば》を交《まじ》えることなど、彼らにとっては単なる手段にすぎないのかもしれない。

(人間にとってもキスは愛を確かめる手段のひとつなわけだけど……)

手段と割り切れば、受け入れられないこともないような気がする。

自分にされたものと、姚蘭にされたものはまったく質の異なるものだったはずだから。

「妬《や》いてんのか?」

「べつにっ。間違いが起きるといけないから、今後はできるだけ、そういうやり方は控えてほしいって思うだけ」

美咲はぷいと顔をそむけた。いいところまで解決したような感じだが、いまいち気が晴れない。やっぱり、弘人が自分以外の女とそういう行為に及ぶのは許しがたいのだ。いかなる事情があろうとも。

「やっぱりやきもちだな。……白菊《しらぎく》のことはもう、なんとも思ってないよ。だから色仕掛けが使えたんじゃないか」

引き続き、弘人はさっぱりとした表情で言った。

もしまだ未練があるのならそういったことはできない。そこまで器用な男ではないと言う。

沈黙が落ちた。

鍋の湯がふつふつと沸《わ》きはじめる音だけがしている。

美咲が気持ちの整理をしようとそのまま黙りこんでいると、弘人がふたたび腰を抱き寄せてきた。

「なにするのよ」

美咲は身をこわばらせた。

「仲直りのキスでもしてやろうかと」

「してやろうって、それじゃあまるであたしがキスをしてほしがっているみたいじゃない」

「そう言われるとしてほしくないみたいに聞こえるな。いやなのか？」

「い、いや……じゃない、けど……」

美咲は言いながら、にわかに頬《ほお》が染まるのを感じた。

「ないけど、なに？」

いつのまにか弘人の懐《ふところ》に囲われてしまって、身動きが取れない。酒も入っていないのに今度は引き下がるつもりなどないようだ。

「う……。あたしはいまからご飯作るのよ。どうしてヒロはいつもそうやって強引なのよ」

「おまえがいつまでもつまらない嫉妬《しっと》をしてるからさ」

「つまらないって、こっちは本気でいろいろと悩んでるんだから」

「ああ、そう。それだけおれに夢中ってことだ」

自信たっぷりの顔でのたまうので美咲は二の句が継げなくなった。

「もうなにも悩まなくてもいい。卒業したら、おれを婿《むこ》に取れ」

「え？」

美咲は耳を疑った。

（いま、婿に取れって言った……？）

それは、結婚しろということか。

「本気なの？」

美咲は弘人の言葉を頭の中で反芻《はんすう》しながら、そろそろと弘人を見上げる。

「冗談で言うことじゃないだろ」

「でも高子様のことは……」

「まだ時間があるからなんとかなる。あのきれいな妖狐《ようこ》の姿のおまえでも見せて、説得でもしてみるかな」

美咲はそのセリフにはっとした。

「見たのね？」

「見たよ。『紫水殿』でおれを助けようとして、姿を変えた」

弘人はそう言って満足そうに微笑《ほほえ》んだ。

美咲は少しばかり恥ずかしくなった。たしかにあのとき、妖狐に変化《へんげ》した。あのときの弘人は、静花《しずか》の見せていた幻影だったけれど。

弘人はそれきり口をつぐみ、美咲の答えを待っている。

高子のことは、なんとかなる問題なのだろうか。ならないとしても、いまさっきの弘人の求婚に対するなんらかの返事はここで出しておかねばならない。

「あ……あたしのこと、大事にしてくれるんだったら、取ってあげてもいい」

弘人があくまで尊大な態度で言うから、美咲も照れ隠し半分で目をそらし、つい高飛車《たかびしゃ》に返してしまった。

「するよ」

ふいに声が謙虚《けんきょ》なものに変わったので、美咲はどきりとした。

「ずっと大事にする」

弘人は真顔でそう告げると、そのまま美咲を抱きしめた。

ふわりと弘人の温《ぬく》もりに包みこまれる。

(ほんとうに、ヒロがうちに婿に入るの——?)

信じられない気持ちのまま、けれど好きな人と一緒になれるこの上ない幸せに包まれてうっとりと瞳《ひとみ》を閉じかけたとき。

とつぜん居間続きの和室の襖がスパンと勢いよく開けられて、ハツが現れた。

「よく言ってくださった、婿殿! そうと決まれば婚礼の準備じゃ。卒業など待たずに明日にでも。さあさあ式は古式ゆかしく狐《きつね》の花嫁行列で裏町の伏見稲荷《ふしみいなり》まで練り歩くコースでよいですかな」

「きゃああ! おばあちゃん、いつからそこにっ」

美咲はハツの登場に仰天《ぎょうてん》し、あわてて弘人からはなれた。

「弘人殿が帰ってくる前からじゃ」

「ちょ……、ずっと襖の向こうで盗み聞きしてたわけ?」

「ふん、そのままやや子でもこしらえてくれればよいと思って見守っていたのだが、まどろっこしいので出てきてしまったわい」

ハツは腰に手をやってえらそうに開き直る。

「こ、こんなところでこしらえるわけないでしょっ」

美咲は思わず赤面《せきめん》した。ここは飯を作る場所である。

「ならば、はなれのほうでのびのびと」

「冗談はやめて！」

「なにをそんなに急ぐんです？　現《こ》し世《っち》じゃまだおれたち学生です」

さしもの弘人も戸惑《とまど》いを隠せない。

「そんなことを言っていられなくなりましたのじゃ。実は、早急に弘人殿と夫婦《めおと》になって回避せねばならぬやっかいな事情が……」

「やっかいな事情？」

弘人が聞きとがめる。

「いやいや、なんでもありませぬ。とにかく卒業なんぞ待たずにさっさと夫婦になってしまえばよいのですじゃ。裏町では結婚年齢に制限なんぞありませんのでな。で、いつにしますや？」

そう言ってハツは強引に話をすすめようとする。

「もう、よしてよ、おばあちゃんたら。相変わらず気が早いんだから」

なにか隠しているらしいのが気になりつつも、美咲はそばでは鍋の湯がぐらぐらと煮え立っているのに気づいて、あわてて下ごしらえを再開する。

弘人も軽くため息をつきながらそれを手伝う。

ふたりはまだ気づかなかった。

座卓に置かれたハツ宛《あて》の手紙の中から、漆黒《しっこく》の羽根がのぞいていたことに。

終

あとがき

こんにちは、高山《たかやま》です。

あやかし恋絵巻・橘屋本店閻魔帳、お互いの気持ちを確かめ合う第三巻です。

今回は弘人《ひろと》の過去が絡《から》んだ事件が起きました。

死んだ兄の美しい側女《そばめ》、白菊《しらぎく》。どうやらその人のことが好きだったらしい弘人。

それを知ってゆれる美咲《みさき》。

さらにチラつく得体《えたい》の知れない女の影。

真の恋敵《こいがたき》は婚約者候補の藤堂静花《とうどうしずか》ではなかった……。

というような感じで書かせていただきました。いかがでしたでしょうか。

本作は妖怪モノの皮をかぶった恋愛物語です。

恋もじわりと進展した三巻はとくにその傾向が強くなりました。

ラブシーンを書くのが楽しくて、調子にのって秒刻みの実況中継を書き綴《つづ》っていたら一〇ページ越えになり、ほかとのバランスが悪くなってしまったので半分にけずりました。無念。

元遊女の姚蘭《ようらん》には、ありんす言葉を喋《しゃべ》らせようか迷いましたが、現役はなれて三年のブランクがあるのでやめにしました。

郭《くるわ》を舞台にしたお話や映画を見るのがけっこう好きです。

朱赤の建物や、きらびやかな花魁《おいらん》ファッション、その閉鎖《へいさ》的な空間で生じる苦しみや悲しみや情熱の数々……。江戸《えど》時代自体、ひとつのファンタジー世界のようで興味深いのですが、吉《よし》原《わら》はさらに独特の雰囲気《ふんいき》に満ちていて惹《ひ》きつけられます。

弘人×姚蘭のシーンはそんなイメージを少しばかり借りて、楽しく書くことができました。

ちなみに裏町はいつも、お江戸をイメージして書いています。

人間の世界は文明開化してからずいぶんと文明が発達しましたが、妖怪の世界はそんな発展を遂《と》げる必要もなかったために江戸時代のまま、という設定なのです。

〈御所《ごしょ》〉の医務官・橘 総介《たちばなそうすけ》は、もともと弘人の双子の弟として出そうかと考えていたキャラでした。

もっと性悪で二面性があり、養子に出されたために神効《しんこう》を体得しそこなったことを恨《うら》み、美咲に手を出したりして弘人を困らせ、ひとり愉悦《ゆえつ》に浸《ひた》る……みたいなドロドロした展開を考えていたのですが、弘人と姚蘭もけっこうあやしい関係になってしまったのでクドイかなと思い、比較的行儀のいい青年に変わりました。

くまのさんが言葉では書きつくせない彼の微妙な人柄《ひとがら》を見事に描き出してくださいました。感謝です。


そういえば、今回は弘人がひさびさに雷神を呼びました。

「神効」や「神使《しんし》」というのは作者の造語ではなく、辞書に載《の》っている言葉です。広辞苑《こうじえん》をひくと、神効は「不思議なききめ。霊験《れいげん》」、神使は「神の使い。その神に縁故のある鳥獣」とあります。

神の力を体に呼びこむということで、弘人は巫女《みこ》的なものに分類されるのかもしれません。

雷神を呼ぶのはたいへん体力を消耗《しょうもう》する（書くほうもなぜか疲れる）ので、滅多《めった》に呼ばない設定になっています。


お礼に移らせていただきます。

いつも作品を読みやすいものにととのえてくださる担当様、そしてお忙しいなか、今回も美《び》麗《れい》なイラストを描いてくださいましたくまの柚子《ゆずこ》様、ほんとうにありがとうございました。

その他、出版に携《たずさ》わったスタッフの皆様方、そして、三巻を手にとってくださった読者の皆様方にも心よりお礼もうしあげます。ありがとうございました。
またお会いできることを夢見て。

二〇一〇年　一〇月

高山ちあき

おもな参考文献
妖怪辞典　著・村上健司（毎日新聞社）
画図百鬼夜行全画集　著・鳥山石燕（角川ソフィア文庫）

祝3巻♪
ますます弘人君が色っぽくなっていて
楽しく挿絵を描かせていただきました！

静花さんがあまりにかわいいので
イラストを描かせていただきましたv
是非、榊さんといちゃいちゃして
欲しいところですw

ニコニコ
……。
大人になったら
弘人様と結婚するから
榊とは結婚できないの。
でもずーっと一緒に
いなきゃだめなのよ。
くまの柚子

この作品のご感想をお寄せください。

高山ちあき先生へのお手紙のあて先
〒101－8050　東京都千代田区一ツ橋2－5－10
集英社コバルト編集部　気付
高山ちあき先生

たかやま・ちあき

12月25日生まれ。山羊座。B型。「橘屋本店閻魔帳～跡を継ぐまで待って～」で2009年度コバルトノベル大賞読者大賞を受賞。コバルト文庫に『橘屋本店閻魔帳』シリーズがある。趣味は散歩と読書と小物作り。好きな映画は『ピアノレッスン』。愛読書はM・デュラスの『愛人(ラ・マン)』。

橘屋本店閻魔帳

ふたつのキスと恋敵!

COBALT-SERIES

2010年12月10日　第1刷発行

★定価はカバーに表示してあります

著者　高山ちあき

発行者　太田富雄

発行所　株式会社 集英社

〒101－8050

東京都千代田区一ツ橋2－5－10

電話　東京　(3230)6268(編集部)

(3230)6393(販売部)

(3230)6080(読者係)

印刷所　大日本印刷株式会社

ISBN978-4-08-601477-9 C0193

高山ちあき
イラスト／くまの柚子
のれんの色が変わるとき、あの世とこの世の扉が開く――。
橘屋本店閻魔帳
花ムコ候補のご来店！
読者大賞受賞作!!
妖怪相手の商売もする和風コンビニ橘屋。美咲《みさき》の分店に本店の子息・弘人《ひろと》がやってきて!?
橘屋本店閻魔帳
恋がもたらす店の危機！
弘人に惹かれていく美咲。しかし、弘人がいずれは他店に婿入りする予定だと聞かされ…。
好評発売中
コバルト文庫